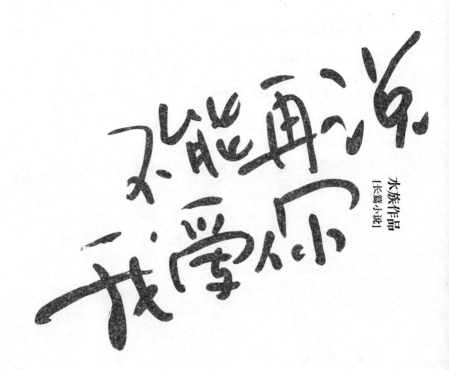

水族作品
[长篇小说]

凤凰出版传媒集团　凤凰联动
江苏人民出版社　FONGHONG

图书在版编目(CIP)数据

不能再说我爱你/水族著. —南京：江苏人民出
版社，2011.5

ISBN 978-7-214-07092-0

Ⅰ.①不… Ⅱ.①水… Ⅲ.①长篇小说－中国－当代
Ⅳ.① I247.5

中国版本图书馆CIP数据核字(2011)第079241号

书　　名	不能再说我爱你	
著　　者	水　族	
责任编辑	蒋卫国	
特约编辑	郭　群	
文字校对	陈晓丹	
出版发行	江苏人民出版社（南京湖南路1号A楼　邮编：210009）	
网　　址	http://www.book-wind.com	
集团地址	凤凰出版传媒集团（南京湖南路1号A楼　邮编：210009）	
集团网址	凤凰出版传媒网http://www.ppm.cn	
经　　销	江苏省新华发行集团有限公司	
印　　刷	北京同文印刷有限责任公司	
开　　本	890毫米×1280毫米　1/32	
印　　张	7.25	
字　　数	172千字	
版　　次	2011年6月第1版　2011年6月第1次印刷	
标准书号	ISBN 978-7-214-07092-0	
定　　价	25.00元	

（江苏人民出版社图书凡印装错误可向本社调换）

目录
CONTENTS

01 卷一 春分

02　卷二　夏至

我紧随自己的思绪，一如稚子追逐蛱蝶。

——［英］乔治·穆尔

PART 01

卷 一

春分

1. 写一封信给失踪者

像梦一样。

每逢遇到事情发生得太快，来不及反应时，张阿毛就有这种感觉：像梦一样。

恍惚之中他和同学一起坐上去县城的车，在一家招待所住下，去一个陌生的教室参加了高考。然后又恍恍惚惚被老师带着，在城里转悠，临回家的前一天晚上集体看了一场电影。还没想清楚到底发生了什么事，人已经在镇上的家里了。

父母为他的高考，极其慷慨地给了他两百块钱，在城里连吃带住几天下来只花了不到四十。逛县城的时候，他用剩下的钱买了一大堆书，主要是武侠小说，也有几本名著。这些书刚看了一半，他还没感受到空虚、无聊和等待的熬煎时，大学录取通知书已经寄到家里。张阿毛被首批录取了。

镇上的人都说，张治安员和蒋裁缝那是前世修来的福气，生出这么个儿子，他们家祖坟风水绝对好。镇文教办公室的人连着三天在镇上的有线广播里宣布：张家阿毛是我们镇解放以来第一个考起名牌大学的，他是我们全镇人民的骄傲！张阿毛他爸在治安室的几个伙计又有了一个喝酒的借口，痛宰了他爸一顿，并要求把他一块领了去。派出所所长王大麻子喷着酒气，亲热地拧着张阿毛的腮帮子："老张，以后阿毛这娃娃肯定要留在中央了。"那一阵子张阿毛他妈也比往常更忙，认识不认识的人都问到家门口的裁缝铺子里，说完针头线脑的事，接下来都想看看他的样子，有的拉着他的手不放，有的怀疑他有双脑筋。

暑假余下的时间，阿毛是躲在山里亲戚家过去的。他已经超越了父母的心愿，考上了他们不大敢想象的学校，以至于他说什么他们都会言听计从——虽然父母更希望看到儿子在镇上到处走动，让人家继续羡慕他们作为张阿毛爹娘的福气。

连在山里的日子，虽然恬静，也快得像梦。

他像做梦一样在火车上待了两天，到达遥远的北方，被几名陌生而热情的高年级同学领着，到了一所格局像电影里那些古代宫廷一样的学校。直到大学一年级开始好一阵子以后，他还有些迷迷瞪瞪，认为眼前的校园和身边的同学都有可能出自幻觉，或者，梦境。

刚刚过去的高中岁月也仿佛一场旧梦。最后那一个学期过得飞快，黑板旁边墙壁上的倒计时频繁更迭，一百多天似乎一眨眼就过去了。时间快得他都来不及有任何感觉。

只有和同学的一些通信，能够证实他是真正在遥远的他乡上大学，而且已经彻底告别了高中生活。

他们班一共考上三名学生。除了他自己在北方，另外两名同学都在本省。他的好朋友蒲小明正在县中复读。

绝大多数不再上学的高中同班同学，如同当年的小学同学和初中同学一样，从此就会失去联系了。只有个别人，可能会在难以预测的时刻和地点，彼此重逢，说起一星半点往日旧事。剩下的那些人，恐怕就会像食盐溶化在水里一样，消失于镇子及其周围那水淋淋的环境和水一样平静的日常生活中。

他的那些同学们，那些神态各异的少男少女，似乎从来没有在他生活出现过一样。连同一些相关的片段记忆都显得很靠不住。如果说他们曾经存在过，现在也已经失踪了。

"不能把握的，都是假的。"得出这个结论时，张阿毛正在一座旧式建筑的二层楼上，透过一扇雕花的窗户看外面灰色的天空。他的大学一年级刚开始两个多月，他已经成了学校大图书馆和系里图书馆的常客。他的阅读胃口很大，也很杂。他慢慢有了用抽象口吻说具体事情的习惯。

那所中学和那些老师还在那里，那一群人却都改变了。他们现在全都离他非常遥远，存在于他的视听范围之外，而且显得很不真实。

所以张阿毛觉得：不能把握的，都是假的。

很多他以为会长久记住的细节变得越来越淡。离家之前，他拿起玛格丽特·米切尔的《飘》，觉得那个英文名字比中文名字更有意思。

GONE WITH THE WIND

随风而逝。

他的同桌也是如此。他们那些时候的交往，和整个高中时代的生活一样，都是假的。

时间和环境，都失踪了。人们彼此失踪。甚至记忆，也慢慢失踪。

大学生张阿毛整天穿行于他的大学校园，生活中的喜怒哀乐全都源于新的环境和新的人物。似乎只有这些，才显得真实。

他待在那座精巧的小楼上那个下午，天空一直很阴沉。后来就下雪了。那是他到北方来之后见识的第一场雪，也是张阿毛有生以来见识过的场面和规模最大的一场雪。对于这场雪，他在当天下午写给南方同学的信里有过诸多描绘和比喻，甚至从雪花联想到信件。当然那是一个现成的句子，人们习惯说：信件像雪片一样飞来。

张阿毛在信里反过来说：我现在写的信多得像天上的雪片一样，希望这封信让你闻到北方冬天的味道。他并不清楚，书信频繁是大学一年级新生中的群体现象。等到对环境足够熟悉之后，信就会越写越少，那个时候，阵势再大的下雪场景也很难让他多看一眼了。他将会懒洋洋地在拖了很久之后才想起应该在回复的信里捎带着抱怨一句：北方冬天动不动就下雪，跟头皮屑似的，烦人。

校园里的亭台楼阁都披上积雪，感觉全变样了。白色改写了所有的东西。一场大雪似乎很轻巧地就把往常的印象抹得一干二净，这个雪天里的校园让张阿毛感到既兴奋又陌生。好像什么东西都可以轻而易举地消除似的，当他踩在厚厚的积雪上，一路咯吱咯吱地回宿舍取饭盆吃饭时，心里对"永恒"之类的说法产生了怀疑——而这是哲学课上的老师花了将近半个学期也没有达到的效果——当然，除了时间。

在他的想象当中，时间不是一去不回的流水，却变成了持续不停的大雪，纷纷扬扬地下。然后，各种东西都在时间的大雪里慢慢地、然而又不可逆转地，发生变化了。

在想这些事情的时候，张阿毛几次差点被自行车撞上。总的说来，他的心情很好。有一点凄凉，又有一点轻快，却又安稳平和。回到宿舍后看到有同学来信，则让他更有点开心了。

他刚刚发走给同学的一封信，立刻又收到了对方从家乡省份寄来的一封信。这个下午，书信和雪片一起在飞，说不清楚谁更像谁。张阿毛想：这是一个对称的日子。

"我上周末第一次去旁边那所大学玩。那里的楼房都是苏式的，有些旧，很有味道，不像我们学校，全是新房子……"

这封一开始有些羡慕的信很快改了调子，变成得意和炫耀。

"你猜我碰见谁了？谅你也猜不出来……"

后面的那些话在张阿毛心里一直盘桓到放寒假的时候：

我看见巫凤凰拎着一壶开水回宿舍，叫了两声她才听见……她肯定对我没什么印象，以前就没怎么打过交道嘛。她有些尴尬，假装还记得我的名字，我敢打赌她说不上来。这些女生都很会装样子。哈哈……她比以前更漂亮了，上高中的时候她就是校花，你应该看得比咱们班别人都仔细才对。大学里追她的人肯定不会少……她好像知道你在哪里上学，我告诉她的时候，她一点也不惊讶……我没听太清楚她上的究竟是英语系还是西语系，她说话声音太小，我又不好反复问。估计应该是西语系。这丫头对老同学太冷淡了……

一封来自南方的航空快件让他感到非常疑惑，那时他正忙着收拾行李，准备回家过春节。读过之后，他又有了那种感觉：像梦一样。

我不知道该说幸运呢，还是说不幸？巫凤凰写道，你的信寄到了另一个系。上大课时我坐到他们系一个学生旁边，聊了半天，下课时互相说了名字，她才想起来的，说是放在她们系书报栏里两个多月了。我平时不跟人聊天的，你说怪不怪。好了，反正你也知道了，回信晚可不是我的错……终于有了你的确切消息，以前觉得你就像完全失踪了一样……你现在怎么样，一切都好吗？……

张阿毛仔细看完这封信，接着收拾行李。他为家里的人买了不少这边的特产，比如果脯和宫廷点心之类，都是好听不好吃的东西，权当尝个新鲜。可是那些装着点心的漂亮纸盒刚上车就被挤扁了，春运期间人特别多，即使学生车厢里，过道上也都是人。

车厢里闷热拥挤，又充满烟味和其他种种怪味。他昏昏沉沉地靠在座椅上，偶尔看一眼窗外急速掠过的物事，耳边听见火车轮子和铁轨来来回回敲出一个句子：

我不知道该说幸运呢，还是说不幸？

2. 我是一个乡村裁缝的儿子

高中的课程比较紧张，中午经常不回家，却养成了午睡的习惯。直到初中，午睡对我都是惩罚，仅仅过了两三年，情况就不一样了。

那时候我正趴在课桌上午睡，但是我睡得很浅。一切都不在我关心的范围之内，可是却能感觉到各种动静。

比如说，我明显地感觉到了一种柔软的衣物面料拂过我背部的全过程。我穿着轻薄的白色棉布 T 恤，身体虽然处在阴凉的教室里，却因为天气逐渐闷热而微微出汗。当另一种织物接触到我的脊背时，我立刻感觉到了，而且睡意全消。

正是夏天的开端。学校花坛里的芭蕉绿得让人惆怅；美人蕉却红得让人兴奋。我们家后院菜园里的丝瓜也开花了，是黄色的小骨朵。可是我不喜欢蔬菜的花朵，丝瓜花再怎么开我都懒得多看；我也不喜欢太亮的色彩。所以在黄色的 T 恤和白色的 T 恤里面，我挑了这件单调一些的。其实我本来喜欢比较淡雅的彩色衣服，可是我妈就买了这两件 T 恤，说是过一阵再买新的。我在这个夏天穿的第一件 T 恤只能是白色的，白得像小学生在"六一"儿童节穿的衬衫。

然而我的白 T 恤刚刚上身的第一天，就跟别人的衣服接触到了。两件簇新的衣服在贴近的一刹那，彼此摩擦，发出微弱的声音，并且引起了振动。我的脊背肌肉捕捉到了衣物纹理波动的方向。

从小在裁缝铺里长大，我对衣服的质地很有经验，不用说触觉，光从声音就可以辨别出衣物的原料。绸缎的声音脆滑爽利，棉布的声音温柔和顺，的确良的声音比较尖锐，卡其的声音略显得浑浊。这就是我们这个镇子上能够经常接触到的面料。那些"三合一"、人字呢、灯芯绒、阴丹士林之类，都是好久没有接触了，很难在大街上看到有人穿这样面料的衣服，我也忘记了它们的声音。

从我的脊背上掠过的那一层薄薄的织物，带着一点微热和清香，发出的是一种柔软中带着潮湿感觉的声音，似乎是刚润过的嗓子说出的一句低语，新鲜而且饱含水分。我听不出它是什么面料，虽然它让我的整个后背为之激动。

我慢慢直起身，一边大幅度地揉眼睛，一边偷偷瞟了同桌一眼。就是对方，在经过我身边往里走的时候，身上穿的衣服碰到了我。

我看见了一片柔和的紫色。

慢慢地我又发现不光是紫色，还有白色。起初我以为是趴在桌子上睡得眼花，随即发现一些大朵的白花均匀地撒在紫色底子上。

但是我看不出那是什么面料。

我只是一个乡镇裁缝的儿子，十多年来不曾离开这个镇子一步。同桌身上的衣料超出了我的见识范围。在它面前，我在裁缝铺里培养出来的灵敏听觉和视觉一齐失灵。

那件紫色底撒白花的衣服是一条连衣裙。早上来的时候，她明明穿的是白色丝光衬衣，现在就换成裙子。要在平时，这种臭美行为简直要把人笑死。在此之前，我一直看不惯女生喜欢梳妆打扮的毛病。可是对陌生面料的敬畏让我忘记了嘲笑。我妈早就说过，我是天生的裁缝，对这个行当生来就亲。"阿毛你要是不读书，就该吃这碗饭。"她说。在她的鼓励和裁缝铺子的熏陶下，我还不知道"职业病"这个词时，就已经养成了研究衣服面料的癖好。

"你那是什么料子的？"犹豫了一阵，再伴着一声干咳，我问同桌。这是我们坐在一起半个月后，说的第一句话。班上的男生和女生相互之间说话不多，各玩各的，哪怕是同桌也这样。课间的时候，大家都跟前后排的同性聊天。我不是多话的人，尤其不喜欢跟女生说话，按照成绩排名坐到一起之后，虽知道终究会有言语来往，这半个月却彼此正眼也不曾瞧过。想不到第一句话的主题是衣服。

她的脸有些发红，红得有些莫名其妙。我的脸跟着热起来。

"不知道，"她低声说，"我又不是裁缝。"

从她含笑的低声里，我听出她是在取笑我。班上同学基本上都来自这个小镇，各自的身世大致清楚，大都是男生女生里消息灵通的人到处传出来的。有时候大家还拿对方父母的职业开个玩笑，也没人认真生气。我虽然不曾和她聊天，也知道她是我们镇长的女儿。事实上我们班很少有人和她聊天，连女生也这样。

她声音里的笑意鼓励我大胆打量那裙子。上面那些花朵的轮廓不像普通织物上的图案那样鲜明清晰到线条锋利的程度，它们像是用毛笔蘸着颜料涂抹出来的，笔触很自然，几乎没有完全重样的。

"我妈是裁缝。我也算半个裁缝呢。"我说，"可是我看不出那花是咋个染上去的。"

"这是蜡染。"她慢慢侧转脸看我一眼，微笑说，"我姨婆从贵州带回来的。"

我敢肯定，在整个菩萨洞镇，很少有人知道什么是蜡染。以前我妈从没对我提到过。我的同学更不可能知道。关于衣服，如果是裁缝儿子张阿毛也不了解的，其他那些年龄相当的少年男女，又怎么可能说得更清楚。

当然我略有一点关于贵州的知识。地理书告诉我那个省份住着很多少数民族，诸如苗族、瑶族、侗族之类。我也看过一些描写当地风情的故事，这个省份始终给我留下一种浪漫暧昧的感觉。虽然我们菩萨洞也是南方，但是贵州的南方和我们这里的南方肯定很不一样，最起码我们这里全都是汉族人。谁知道蜡染是哪个民族的手艺呢。又有谁知道我身边这人穿的裙子出自哪一座山寨或哪一栋竹楼。我更加仔细地低眉研究那裙子。虽不至于用手指捻起它的某一部分放到眼底细细察看，注目的程度也足够强烈。我看出她有些不自在了。发现这一点，我自己也跟着不自在起来。

"蛮好看喽。"我说着，挪开目光。

就在这时候，我注意到她的连衣裙甚至没有袖子，一部分肩膀和整条胳膊光光地露在外面。微白的，但是说不上特别白皙的肌肤，是被揉熟的麦子面的颜色，想是被太阳晒的；那胳膊细弱得也正如我们家厨房里的擀面杖。我记得小时候我在厨房里跟我妈调皮，她举起擀面杖要打我，我就生气地在擀面杖上咬了一口。所以全家都笑我说"阿毛是属狗的"。我甚至认真记住了这句话。起先碰到有人问我属相时，我还一本正经地回答过自己属狗，后来才知道我其实属龙。

裸露在我旁边的擀面杖一样的胳膊，毫无来由地让我脸红。

她一定感觉到了我的脸红，我捕捉到了她瞟我的眼神。这让我更觉得不自在。

"好热哟。"我搭讪着说。

"就是，外面太阳好大。"她就住在镇委大院里，走路到学校只得两三分钟，所以她每天中午都回家。

预备铃让一大片趴着的脑袋呼啦啦全都抬起来，那些本来小声聊天的同学也提高了声音，教室里突然变得集市一样热闹。但是直到数学老师夹着三角板和课本走进教室，我们也没有再说话。

直线。圆。椭圆。

戴眼镜的小老头在黑板上写了几个术语，在讲台上忙前忙后，又是推演，又是画图，比较这些概念之间的关系和深层含义。讲到高兴的时候，他有些潇洒起来，左手插在短裤的兜里，右手在黑板上随意挥洒。小老头讲课的水平很高。

我瞟了一眼同桌，她右手扶着额头，似乎在认真听小老头讲课。

我忍不住又偷看那些裸露的地方。耳边传来小老头的声音："……直线、椭圆、圆……"这声音里提到的东西突然由抽象变得具体了。她的胳膊是直线。她的肩膀是椭圆。当然，我也发现了"圆"，它们藏在紫色底撒白花的蜡染连衣裙里面，微微地隆起，实际上更像立体几何里说的球。形状有些明显的圆心让我突然大胆地推测：我的同桌可能没有穿胸衣。这个想法让我感到浑身都不自在起来，小老头的声音离我越来越远。

我的目光先后越过她的肩头，穿过她支起胳膊之后露出的腋下，试图从不同角度看到被隐藏的圆，但是收获甚微。能够被看到的只有很少一部分弧形，少到没法计算它所对应的圆心角和圆周角的度数，更不可能引用球体公式去计算表面积和体积。不过我已经肯定她没有穿胸衣。我甚至还发现了她腋下稀疏的毛发，如同镇子外面水田里刚插上的秧苗，散发出作物的气味。

那节课我再也听不进去什么，目光一次又一次溜到同桌身上。台上的小老头似乎成了我的同谋，在黑板跟前手舞足蹈地为我做掩护。有一阵子，我还微微牵起 T 恤的圆领，目光从领口钻进去，偷偷打量自己的身体：腋下有着浓密的毛发，丝丝缕缕如同盛开的黑色菊花；苍白贫瘠的胸脯上，对称地分布着两点伤疤一样的东西……

这一切都在光天化日之下，当着全班同学的面进行。谁也没有发现。

3. 远香近臭

从小学开始，我跟所有的同桌关系都很淡，坐在一起时偶尔把话两句，分开之后就再也不来往。我的朋友，如果是同班的，往往坐得离我很远，也有的根本不在一个班。我妈老早就说了，"远香近臭"。她说的是亲戚邻里关系。要是形容我和同桌甚至同学的交往，应该说"远香近淡"。我和男女同桌不曾有过任何不愉快，连"三八线"也没画过，但是也不曾有过友好密切的关系。也许所有的原因都在于距离太近。

如果说这是一个规律，我的这位在夏天穿上紫底白花连衣裙、露出肩膀和胳膊的女同桌则是例外。我后来曾经从很多方面去追究她成为例外的原因。

高中学生已然开始有意识地演习各种分析品题人物的技巧，连相对复杂的手段，诸如迂回暗示和弦外之音也都有所掌握。我们班同学在这方面不乏天才，偶尔通过只言片语也能充分显示。几乎所有人都被下了评语和结论，有的被取了绰号，有的被一两句话定性。

同班的一名好朋友蒲小明是个"万事通"，也是个"万人迷"。他似乎跟谁都交情不错，又似乎什么都知道。我们偶尔一起散步。在我沉默的时候，他兀自不停地讲述各种消息。关于考试成绩的，关于学校老师关系的，以及关于班上同学对每个人的种种议论的。我从他那里知道了班上很多同学的公众形象。

我的同桌拥有变幻不定的形象。一些人说她性格像假小子，脾气特别刚硬；一些人说她行为风骚，比女流氓还女流氓；还有人说她有一大堆追求者。但是没有人能肯定任何一个方面。因为她和班上的人很少往来。在菩萨洞小镇，镇长的女儿如同公主，没有人确切知道她私下去哪里，做些什么。

关于我自己，裁缝的儿子张阿毛，蒲小明告诉我的大众看法为：一个很少说话的人，和同学关系不冷不热，喜欢傻读书，放在人堆里毫不起眼。

两个完全不同的人，由于什么原因，居然就一点一点熟悉起来了，这永远是一个微妙而费解的话题。成为同桌不是重要理由。可以想见的应该包括年龄和季节。

十六岁是生机勃发的年龄，大多数男生在这个年龄胡须开始露头了，离得远了能发现唇际的一抹青黑，认真探究却只有微茫的绒毛，让人想起韩愈的"草色遥看近却无"。夏天是生机勃发的季节，晚上在菜园附近走动时，能听见蔬菜和作物拔节的声音。也许还有更重要的因素，也许。能够确定的是，当我在菩萨洞小镇的中学上高中、和我那个闺名巫凤凰的女同桌一起上课时，我对发生在周围和自己身上的一切不是很了解，更谈不上真正的理解或应对。

蜡染的紫色长裙导致我和巫凤凰第一次对话，此后要是谁没听清楚老师布置的作业，偶尔会不再舍近求远去问前后排的人，而是直接问对方，其余时间各自闷头听课、看书、写字。我们比班上大多数异性同桌的关系更为冷淡。

语文、数学、英语、历史、地理、政治。这是我们一个星期轮流上的六门主课，体育属于插播内容，此外再无别的科目。政治课人人厌烦，算是全民公敌；我私人最不喜欢地理课。对地理老师的厌恶影响了我对这门功课的热情。

我们的地理老师是一名浓眉大眼的中年妇人，蒲小明对她似乎了如指掌。"那个女的是个神经病，"他说，"她男人对她好得很，就是爱喝个酒，打个牌，她就要翻天了！结果她男人睬都不睬她！"菩萨洞的男人多半喜欢抽烟喝酒打牌，要是按照蒲小明的说法，地理老师的丈夫其实比别人还少了一样嗜好，堪称良民。但是她在家经常和丈夫相打相骂，然后把情绪带到地理课上。她的容貌服饰和她讲的课一样枯燥乏味。她在穿着上的不修边幅更让我这个裁缝的儿子感到情何以堪。

流花河边的菩萨洞小镇历来被认为是水土养人的地方，女人尤其水秀。即使周边乡村来赶集的女人，随便穿上一身新鲜衣服，也显出几分抒情和田园风光。在结识高中地理老师之前，我几乎没有见过邋遢女人。她让我开了眼。她的课也讲得邋遢，枝枝蔓蔓，不干不净，我经常听不懂她到底想说明什么问题。地理课成了我的一大心病，我必须在课后花大量的时间去预习或弥补，而上课时则想方设法让时间过得快一点。但是她的眼睛特别毒，经常有同学在她的课上看别的科目时被抓获。很多时候我只能研究地理课本上的插图来对抗她那从讲台上传来的折磨人的声音。我统计这些插图的数量，观摩它们的线条轮廓，分析它们所在的页码和出现的频率，结果我对地理书上的图画比文字更熟悉。我尤其熟悉的是封面和封底的图案以及正文前面的彩页。

巫凤凰在几乎所有的课上都很安静，偶尔出现的动作是右手扶额。时间长了，我觉察出她这个动作总在老师讲得让人厌烦的时候出现。从侧面看过去，她的面容和眼睛几乎全在阴影里，不清楚到底是在打盹还是看课本。有时候我怀疑她可能也会偶尔瞟一眼我的动静。她在地理课上扶额头的次数明显的多。

镇长的女儿巫凤凰有很多衣裳，她换得非常频繁。但我印象中比较深的只有一件紫底白花的长裙。她第一次穿那条裙子是那个夏天快要结束的时候，我连地理书的插图也看烦了，剩下的消遣方式就是拿着钢笔在课本的天头和地脚不停地戳出一个一个小洞，然后研究每一下到底扎透了多少页，并由此考虑控制速度和力量，争取达到一种随心所欲的程度，想穿过多少页就是多少页（当然，一般都在 30 页以内）。做这些事情的时候，为了不引起女老师的注意，动作幅度不能太大。我相信巫凤凰一定看到了这一可笑而且有些疯狂的行为，但是我们班没有一名同学听说过我有这个拿钢笔扎书的习惯，连蒲小明也不知道。随着地理课的推进，我的技法日益纯熟。

一个湿热沉闷的下午，我们的女老师照例来讲地理课，我照例开始扎我的课本。我的钢笔灌饱了"红岩"牌的蓝黑墨水，扎在书上，留下一个一个颜色鲜亮的小点。笔尖在书上移动的时候，我的手掌边缘无意中蹭着了其中一个小点，没有全干的墨水因此蔓延开来，形成一条由浓到淡的、似乎带有某种速度的长尾巴。这个图案引起了我的兴趣。我观察了一阵，认为这个圆点加上后面的尾巴，类似于封底那个横扫天际的彗星，彗核、彗发和彗尾一应俱全。我的兴趣立刻从刺杀课本变成制造彗星，场地也转移到一个还没用过的作业本上。

整整一节课，我浪费了很多张纸，手上也染满了"红岩"牌的蓝黑墨水。我的作业本上出现了无数形状不同的人造彗星，它们产生的过程分为两个环节：一扎、一抹。

"邋遢女人"终于被下课铃声赶走，我感到疲倦和喜悦，因为我为以后的地理课找到了新的娱乐。但是我眼角的余光发现我的同桌在窃笑，而且对象除了我之外不可能是别人。这是课间的休息，她仍然以手扶额。当然这种姿势遮掩不住笑容。

"你笑什么嘛。"我有些尴尬。

"你可以当个天文学家。"巫凤凰微笑道。

"真的出现这么多彗星,地球早就毁灭喽。"我说。除了上地理课打发时间,我可不想把时间用来做这种无聊游戏。事实上,每次上完该死的地理课,我都觉得精神不济。我真想趴在课桌上睡几分钟。

但是巫凤凰的另一句话让我立刻忘了休息,反倒忙起来了。

"你脸上到处都是墨水。"她说。我知道了她笑的真正原因。

接下来是她指点方位,我不停地擦拭。

"额头……腮帮子……下巴,左边一点,再往下……哎哟喂,嘴角上也有……"

这以后的地理课上,我们一度热衷于制造彗星,下课的时候手上都染得发蓝,蓝得像是中了武侠小说里讲的那些剧毒。再往后,我们开始分工合作,她专门负责用笔扎出墨点,我用手去抹。

"你们男生都不怕脏。"这是讨论分工时,巫凤凰提出的理论依据。

在单调漫长的高中岁月里,我和我的同桌发现了彼此的空虚和无聊。同样的空虚无聊,或许班上的每个人都有,却很少有人流露出来,更不用说彼此分享。作为小镇中学的学生,我们被告知的唯一任务是考大学。

发现对方同样的感受之后,我和我的同桌仿佛突然之间加入了同一个秘密组织。我们要对付的共同敌人是那些过于难熬的课程。地理课只是其中之一,还有政治课、历史课,甚至语文课。

我记忆中,大学以前的课堂里,老师拥有无上的权威,他/她随时可以把一名学生轰出教室,或者让学生到讲台前面罚站。我和我的高中同桌从未试图在老师眼皮底下谈笑——这是不可想象的事情。我们只在自习和课间低声聊天。不知从什么时候开始,两个人聊天越来越多，内容也越来越广，慢慢从学习就说到生活，从高中说到幼儿园甚至从父母口中听到的各自更早的情形，又从自己说到家里的兄弟姐妹。少年男女可以拿出来讲给异性听的事情似乎都说完了，可是每天都有更多可说的话题。我相信，那个上高中的少年和同桌一起夸夸其谈、神吹海聊的时候，他从来没有意识到这有一点反常。他生来不是一个喜欢说话的人。此前和此后，他都不曾这样健谈或者说是饶舌。

很多次自习开始的时候，巫凤凰和我约定不再聊天，说是要认真看书。结果到最后，谁也不知道因为什么事起头，两个人又一直嘀咕到下课。

我们坐在前排靠过道的位置。我经常在课间十分钟忍着上厕所的欲望和她开心地聊天，同时看着上厕所的同学从身边来来去去。

蒲小明淘气的手指头打断了我的兴头。当时我们正说得高兴，他从旁边路过，顺手飞快地揪了我的耳朵一下。我笑着看看他，发现他眼里是戏谑的神情。这种神情让我突然脸红。而且我觉得他这个动作很暧昧，有些别的意思。他平时发疯时顶多打我一下。

我们镇里的人，开玩笑说一个人怕老婆的时候，就会说他的耳朵经常被拧，甚至夸张一点，说成是可以转动的东西。给我们上英语课的男老师的耳朵，在传说中就被形容成类似于电视频道旋钮的物品。

可是蒲小明干吗拧我的耳朵，而且这样含义复杂地拧。我回过神来，正要去找他的时候，已经上课了。

几天以后，蒲小明又拉着我出去散步，我想起一直要问他却忘了问的话。他不承认，说没有什么意思。我快要生气的时候，他才笑着说："我看你以后就是怕老婆的。"

我有些不好意思。这个话题以前从来没有人在我跟前说起过，结婚生孩子一类的事情离我们这个年纪的人、至少离我，还很遥远。我认为自己还是很幼稚的，顶多算是半大孩子。我妈在家里甚至会叫我"毛毛"。

心里觉得不好意思的时候我就会脸红。我已经感到脸上发热了。蒲小明说："你承认了！"

我说："我没有！"

他哈哈大笑。

我觉得有些气愤，就问他："你笑什么！我看你像个疯子！"

他说："你现在话好多。"

这句话来得没头没脑，我认为毫无道理，说："哪有你话多！"

他笑道："你和巫凤凰天天说不完的话。"

我一下子明白了他的意思。比我再傻一百倍的人也会明白。

我又尴尬又气愤，说："你乱说！你真下流！"

他笑得更加肆无忌惮，说："你瞒个鬼哟！全班都知道你和巫凤凰谈恋爱……"

"放屁！"

"真的！"他有些认真地说，"全校都知道！"

"我咋个不知道！"我懊恼地说。这简直是造谣、污蔑、栽赃、陷害或者任何类似的行为，但就是不可能是事实。

"你当然不会承认了，"他嘻嘻直笑，"有几个人在这种时候肯承认的呢……"

他脸上神色不那么正经，但我越来越觉得他说的是真话了。很可能同学真是这么看的。这让我感到非常紧张。在他看我的时候，我觉得手脚都不知道该往哪里放。

要是老师知道了，搞不好会当着全班同学的面批评我们；要是我爸我妈也相信别人瞎说，认为我在学校做这种事，不知道会怎么说我。万一我考不上大学，人们肯定会说得更厉害，我一定会成为反面教材，就像以前那些由于各种原因没考上大学的好成绩学生一样，被加上各种罪名。天晓得什么时候这种话就会传到他们耳朵里去。可是我偏偏什么都没做。

　　"我们只是说几句闲话，不像你说的那样。"回教室的时候，我对蒲小明说，"你不要再乱说，再乱说我真生气了。"

　　"我不说了，"他又像开玩笑又像认真，"还有那么多张嘴，你咋个办呢？"

　　我不知道。

　　我没有回答蒲小明的话，真有些生气地回到座位上。但是我在想他的问题，结论就是：我不知道。

　　晚上主要是自习，偶尔有老师进教室等同学问题目。往常这时候，我和同桌早就聊起来了。虽然声音很小，却会聊得很开心。可是这天我不好意思再说什么了。巫凤凰无意中把头扭过来时，我看她的目光里一定带了烦躁或冷淡的成分，整整两节自习课，她的脸再也没转过来，我们没有说一句话。

　　教室里非常安静。文科学生需要花大量时间记忆各种东西，很容易就被搞得手忙脚乱甚至连滚带爬，一有机会就要拼命地看书，把各种内容往脑子里塞。自习课上几乎没人说话，不时响起翻书和写字的声音。

　　可是，一旦有人出声，我不用看也能大致感觉到声音是从哪个方位传来的。虽然听不清楚内容，但至少知道有人在说话。

　　在这样一个环境里，我和同桌长期闲聊，显然容易被人注意。尤其是前后排的同学，只怕都听到不少了也不一定，虽然我们不曾说过任何不能让别人听见的内容。

这一发现让我觉得非常羞愧。

一个半小时里，我没看进去一页书，坐在位置上白混到下课，拎起书包，一口气跑回家。

我爸我妈那天很高兴，因为在路上碰到同班同学的父母，说起我的成绩，对方很是羡慕，夸了半天。不过他们仍然没忘记敲打我。

我妈一半开心一半担忧地说："连王二歪他娘，大字不识一箩筐，都会说你成绩好！阿毛，你千万要争气，要考上大学，不然人家就看你的笑话……"说完这话，她又去给我拿吃的。我爸拿手的是警告，由于刚从厂子里转了一圈回来，说话的时候他身上还带着酒味，"读这几年书，你自己心里有数。就是骄傲不得！你们上一届那个第一名，就是因为骄傲，在学校谈恋爱，结果没考起学。你们老师都说好几回了。"

那天上午我还和巫凤凰聊过几句，那是整个高中时代我们最后一次开心地聊天。

我和巫凤凰后来就跟刚开始一样，只有没听清楚老师布置的作业才问对方一句半句话，此外都默不作声地坐在各自的位置上，翻来覆去地看书。那些书被看了很多遍，都是为了三天高考。考试之后，其中很多内容将会被忘得一干二净。

高中最后一个学期开学时，我旁边的位置空了下来。此前镇上早有消息，镇长已经升官，调到城里做副县长。看到旁边没人时，我才想到，她肯定会跟着父母去县城，到那里的中学读书。

但是我在桌斗里发现了一套分为上下册的新书。书名是《飘》。这套书以前我们在聊天时提到过，我说过我很想看却买不到。没想到它在这时候出现了。翻开版权页，除了知道作者叫玛格丽特·米切尔，我还发现了它的英文名字——

GONE WITH THE WIND（随风而逝）。

4. 邂逅

大学一年级暑假，我在县城待了一个星期。

蒲小明刚收到录取通知书。他爸的生意越做越大。一年前，为了照顾他复读和扩展家里的生意，他们家搬到县城一条巷子里面。

有好几天，我和他都在大街小巷里走来走去。白天最热的时候躲在家里睡觉或看电视，太阳偏西的时候，就走出去，逛商业街，泡茶馆，看录像，吃小吃。晚上我们喜欢到河边的公园，要一点饮料，在不太明亮的灯光下学着打麻将。

事实证明我对麻将缺乏天分，常常在自己还没明白的时候就给别人点炮。蒲小明打起麻将来像个老手，一边抽烟一边把手里的牌在桌子上敲出清脆的声音。他的手气很好。

我只有一次险些糊牌。那时候我正瞅着面前的一张"三条"守株待兔，打麻将的人管这个叫单吊。此前已经有两个"三条"被人打出去，剩下的那一张不知道会在何时出现，看上去希望很渺茫。

"你往那边看，"蒲小明突然说，"瞧见没有，那张桌子旁边？"

他说的那张桌子在暗影里，我看了半天，发现那边的人影有些模糊。

读了一年大学，视力又下降了。

"那个穿裙子的。"蒲小明笑得有些神秘。

我又努力看了一眼，见是一个长发的背影。

"她很像一个人，侧面尤其像。"蒲小明说，"不过她以前留短发。"

"我听牌了，"我说，"打完这个回去吧，快十一点半了。"

"别打岔，我去帮你看看。"他笑着打出一张"二条"，果然起身过去。

我看他过去，那张桌子上的人却在他走近之前散了。

蒲小明又跑过来，拉着我就走："别打了，我们追上去看看。"

起身之前，我顺手摸起一张牌，在灯光下看了一眼。是一张"三条"。可惜来得太晚。

"绝对是她。"躺在凉席上聊天的时候，蒲小明肯定道。我们到底没有追上那几个人，他们拐弯之后不知去哪里了。两个人就溜达着回住处。

"你的想象力很丰富。"

"你别做出不关心的样子，其实我知道你心里就像猫在抓。"他抬起身子，借着窗外的路灯光看我的神色。

"你在发羊角风。"

"说不定她也看见我们了。"他兴奋地说，"明天我就帮你打听她们家的电话。到时候去找她玩。"

"别做傻事。"我推他一下，"这么热的天，谁有精神走来走去。"

"我有，"他笑了，"我要拉着你一起去。"

"我困了，就当你是说梦话。"我说，"我们去梦里聊天吧。"

他果然行动迅速。第二天上午，我在客厅里听到他打了几个电话，其中一个电话里两次提到我的名字。蒲小明打电话也嘻嘻哈哈的，跟当面聊天没有区别。我在大学校园里和他通话时，总感到开心。

但是他一见到巫凤凰就严肃起来，似乎一直都是很正经老实的一个人。

她就坐在我们对面的沙发里，微笑，偶尔说话。她的神情有些淡漠。

蒲小明被巫凤凰所在的学校录取了，他问了几句学校的事情，话题就扯开了。好像一直都是他在说话，别人倾听。我和他待在一起的时候，也总是这样。

过了一阵，他给一个复读认识的同学打了个电话，就起身要走，说是那同学就住在附近，他得临时找那人一趟，然后再和我一起回家。我说我跟他去，他说："你跟人家也不熟，恐怕不大方便。还是在这里等吧，老同学又不是天天见面。"然后又对巫凤凰说，"你说是不是？不介意我过一会儿再来吧。"

她微笑一下，对我说："那你就在这里等他回来。"

但是蒲小明走后，我却感到局促。

"你跟他熟吗？"我问。

"上高中好像没说过话，"她说，"他打电话来时，我觉得很奇怪。"

"他人很不错，"我说，"也很热情。"

"我还奇怪你怎么和他一起呢。"她说，"我不记得你高中时和他有多少来往。"

"因为你很少在学校待着，"我说，"我只有晚上才回家。"

"我说呢。"

"他说昨天晚上在河边公园看见你了。"我找到一个话题。

她笑了笑："这个暑假我就出去那一次，陪亲戚玩。不过我没看见你们。"

"他说你头发长了，都认不出来了。"说这话的时候，我很认真地正面打量了她一眼。

巫凤凰穿着一条淡绿掐金丝的长裙，半靠在沙发上。她的头发果然很长，梳成三七开的样式，较少的那一部分从额前垂下来，有些掩映的效果，眼神因此显得有些飘忽。她好像被突然漂白过一样，印象中不是这样白得晃眼。

"你变化很大。"我说。

"你也一样。"她说，"现在有点像军人，比从前壮多了。刚开始吓我一跳。"

"没见你跳。从我们进来到现在，你好像都没怎么动过。"

"你说话还是那样……但是你的变化确实很大，比我想象的还大。"

"从瘦弱变到强壮，就像从草本植物变成木本植物，是这样吗？"

"胡说……当然不是。"

"对了，你收到我前不久寄给你的照片没有？穿军装的那几张。"

"前两天刚收到。"

"是否觉得很像英勇的红军战士，或者八路军士兵之类？"

"如果他们也有文工团员的话。"

"你这是……污蔑！"

"真正的战士，应该很苦，才不会文质彬彬地坐在那里，抱着枪就像捧着一束花。"

蒲小明一直没有回来。我和她在客厅里坐了好久，不知道该说什么了。后来我提议看她军训时候的照片，以前她在信里提到过的。

她推辞再三，见我坚持要看，就带我到她的房间。我们坐在地板上，一张一张研究她拿出的两本影集。除了刚入学穿军装的那些，还有在其他场合留下的。

被绿军装包裹着的巫凤凰有几分俏皮，戴着的帽子像护士帽，没有帽檐。她身边站着几名同样装束的女生，有人脸上带着明显的羞涩。

"那时候我们难看死了，又黑又胖，"她笑着说，"每天都很累，吃得比较多。大家吃饭时都站着吃，说这样下去得快。"

我看看她，再看照片。眼前的人是鹅蛋脸，长发，玉色肌肤，不化妆的面孔上透出一点珍珠般的光泽，很水亮的样子。她穿着连衣裙，动作柔软轻盈，自然得像在水里游动的鱼。照片上的人是齐耳短发，脸居然有些圆，皮肤微黑，神情态度都给人一种略微有些僵硬的感觉。的确不像是同一个人。

"看见了吧，是不是感觉很怪异？"她有些不好意思。

"身体好。"我微笑说。

"不给你看了！"她红了脸，就要把照片抢回去。

"别拿走，让我再看看！刚才是开玩笑，其实就那样也不错。"我挡开她的手，接着翻看后来的照片。

这些瞬间定格的影像，留下了她大学一年级生活的某些瞬间。

我看见巫凤凰推着自行车，和一群年轻的男女在郊区的田野上闲逛。我也看见她穿着艳丽的衣衫，在舞台上留下各种造型。

她靠在墙上的一个镜头让我琢磨了一阵。那是一道围墙，铁灰色的，很不起眼。她有些疲惫地靠在那里，眼神复杂。这是两本影集里神态最自然的一张，我估计是偷拍的。她承认了："本来是去动物园拍猴子和鸟，剩下一张。我有些累，刚靠在墙上，同学叫我，一回头，就被拍下来了。"

"你那时候在想什么？"我问。

"我不记得了，"她沉默片刻，说道，"有可能什么也没想。"

看完照片，我有些茫然。到底哪一个才是真正的她？光是在大学第一年的不同照片里，就显出很大差别，更不用说和高中时代那个女生相比较。我不知道一个人到底有多少侧面，以及这些侧面彼此是熟悉还是陌生。两个完全独立的人，又会是何种情形呢。

我把这种感觉告诉她。她想了片刻，微笑说："可能人都是这样。我们就假装是陌生人好了。"

蒲小明到天快黑时才来找我。在我眼里，我的好朋友也显得陌生了。

5. 神经出了问题

大学二年级，张阿毛和同学写信越来越少。

大家都抱怨功课紧张，在学校参加的活动也越来越多，彼此就心照不宣地理解了。

他去图书馆越来越频繁，每天有一半以上的时间待在那里。做作业，读专业书，或者看借阅的各种闲书。他在图书馆大自习室里看书的时候，喜欢坐在同一个位置上。那是一个角落，靠近暖气，旁边有一扇窗户，可以往外看见天井和一小片天空。

他的所有书信都在那个角落里完成。给家人的，给同学的，全都在同一张桌子上写下来。和巫凤凰的通信也比第一年稀疏得多，从一个星期两封到两个星期一封，而且往往要拖两天才回。

发生在各自校园里的事情好像都说得差不多了，彼此的同学也都反复描述过了，似乎很难再有新鲜话题。他和她的通信变得像流水账一样。

生活中固定的因素比较多，变化的因素很少，不过也没什么可抱怨的。甚至当他发现连坐在他对面的人总是同样的那几个，也不觉得日子沉闷。

"我和他们都有些熟悉了，"在信里，他这样告诉巫凤凰，"一个是数学系的，一个是地质系的，另外两个是经济系的，同班同学。"

"你们天天这样你看我我看你，也不觉得烦。"她在回信中说。

事实上这种感觉他从来没有。他每天早上到图书馆占位置时都碰见这几个人，看得面熟之后，彼此开始点头、打招呼，感觉还很有意思。有一次听其中一个人说起一个讲座，甚至跟着去听了一场。

数学系那个叫王力男的女生比较活泼。面对面坐了两个月之后，张阿毛跟着她去听了关于《红楼梦》的讲座，又从教室里一路聊天回到宿舍区。他发现她看的文艺、社科书籍并不比自己少。两人有了共同话题，后来在路上碰见也停下来说几句话。去打开水的时候，他也经常碰见她，还听见过她和一名男生为碰碎暖壶的事吵嘴，说话语气豪爽，果然没有辜负一个大气的名字。

在图书馆大厅休息的时候，两人要是碰到一起，也会讲个笑话，说点各自班上或宿舍里的故事，轻松轻松。他所在的宿舍里住着几名喜欢神侃的人，经常讲从各种渠道搜集的逸闻趣事，包括黄段子。

张阿毛有一天在大厅里转悠，碰见王力男，就对她转述了一个小故事：两名素不相识的学生经常在图书馆同一个地方上自习，那男生对那女生颇有好感，就找机会对女生说，同学我有个选择题不会做，请你帮我解答一下。那女生是助人为乐的好学生，虽然比较害羞，也立刻点头答应了。男生就把问题和选项写在纸条上，递过去。女生看完纸条后，脸色顿时发红，思考一阵，在一个答案上画个钩，就把纸条还给男生了。

王力男听完觉得奇怪，问道："什么问题让人脸红？我才不信！"

他说："问题的内容是：小姐，我想请你看电影。请选择——A.我好害怕，万一你是坏人怎么办；B.我是毫无情趣的机器人加书呆子，看不懂电影；C.我可以去，但我男朋友知道后会杀了你的；D.去就去，谁怕谁呀！"

王力男哈哈大笑，又问："那女生选什么答案了？"

张阿毛说："据说她选D，答应去看。"

"看来那女生是假装害羞呀！"王力男笑了一阵，又怀疑地说，"你不会是拐弯抹角想约我看电影吧？"

他猝不及防，被她这么一说，登时脸上发热，赶紧澄清自己的意图："这只是一个故事，我哪敢……"

王力男笑道："这就对了。就算你要真请我看电影，可以明说，冲咱们一起上这么久自习，我也会给你一个面子。"

"那是，"他说，"我知道你心眼不错，不会让人下不来台。"

他也把这个故事告诉巫凤凰，她建议他尝试在图书馆找一名女生做同样的题。他说他害怕要是对方选答案C，那他就不知道该怎么办了。

不过她这种就地取材的思路让他感到惊讶，甚至设想要是她碰上这样的题目，会选择什么答案。但是他没好意思在信里这样问她。

他没有纳闷太久。巫凤凰在信里提到一个类似的现象，让他大致猜到了她可能会选择的答案。

"我越来越喜欢跳舞，很多时候去舞会跳一晚上，回到宿舍就蒙头大睡。"她在信中说，"你喜欢跳舞吗？"

他回信说，他不喜欢跳舞，而且还不曾跳过；不过他想知道和不同的人跳舞与固定舞伴之间的感觉是否有差异。

巫凤凰没有进行比较，只是简略地带出一句：她不会随便选择固定舞伴。

这个话题就此打住。后来他在图书馆看书累了的时候，偶尔抬头看外面天上的星星，会猜测她是否正在某个霓虹灯下旋转。不管做什么，开心就好。

但是她很快不开心了，反倒在信中多次说起"烦恼"、"郁闷"之类的感觉。她回答他的追问说，一段时间以来，一名高年级男生天天都来约她跳舞，她去了几次，那人开始不停地给她写信，几次当面表白。她不知道该如何回答，甚至觉得痛苦。

张阿毛认为，这种事情如果真的带来痛苦，那痛苦也不至于像她形容的那么严重。他建议巫凤凰想跳舞的时候就跟对方去，不想跳的时候就不去；对方写信来是表示恭维，起码不是辱骂或者贬低，更不应该成为痛苦的理由。

至于表白，他说："如果觉得合适就接受，觉得不合适就不接受，人长大了迟早都会听到别人的表白或者对别人进行表白……"

"开心一点。"他这样劝解昔日的同桌。

她过了一段时间才回信。只看了几行字，他就断定那封信是在失去理智的状态下写成的。巫凤凰的语气很愤怒，用的都是大词，显得有些暴躁。

"你对人缺乏同情，什么事都不痛不痒，给人感觉非常冷漠，我居然和你联系这么久，一定是神经出了问题。你只关心自己，你是一个狠毒、无情、冷漠、自私的人！"发泄一通之后，她决定："我以后不会再写一个字给你，也许这将是我们最后的通信。在断绝联系之前，请你回答一个问题：为什么在高中的时候突然对人不理不睬，我到底什么地方得罪了你？这件事我一直蒙在鼓里，始终不能安心。告诉我……"

张阿毛为收到这样的信很不开心。他只好努力回想已经过去两三年的往事，为了回忆得更精确，他甚至请父母寄来了当时写的日记，希望从那个时候的字里行间寻找答案。

那一个多月里，他睡觉不大安稳。后来他认为自己找到答案了，再看巫凤凰那封信，他的感受有了变化。想了半天，他字斟句酌地回信说："我很惭愧当时那样做。我现在向你道歉，也为上封信里的漫不经心向你道歉，请你一并接受。无论如何，不要中断我们的联系，好吗？我是认真请求你，不要不看我写的信，也不要不给我写信。我保证会把当时的情况都告诉你，而且会非常详尽，不遗漏任何细节。但是，要过一段时间……"

她仿佛什么也没发生一样，继续和他通信了，但是没有再提跳舞和追求者的事。她和他还在联系，光是这一事实就让他很开心。

和王力男聊天也让他感到开心，他们越来越熟悉，偶尔约好一起出去休息，在大厅里聊天。甚至互相帮对方占座位，晚上一起回宿舍。快考试那几天，她想起关于选择题的那个笑话，还拿出来取笑他几句，他干脆邀请她看电影，她想也不想就答应了。

快放寒假的时候，王力男也请他看了一场电影。电影名字是《红粉》，小说原著的作者和电影导演都颇有影响，他高高兴兴地跟着去看了。虽然故事背景是解放初，说的是妓女从良的种种曲折，归结起来不过是男人女人彼此琢磨，心思与面子，感情与现实，诸如此类的一些无关时代的情节。但是这些情节，就像很多名著里写的那样，往往决定两个人的悲欢离合——也像电影再次试图表明的那样。

张阿毛觉得这个电影很有意思，为了感谢王力男提供机会让自己看到这么一个不错的故事，散场之后他就请她去喝咖啡。"两个人一起喝过咖啡，就是好朋友。"他不记得这是哪一本书里的句子，但他希望这是真的。

他们在咖啡馆待得有些晚，想起回去时，女生宿舍已快关门了。两个人在黑暗里穿过巷子，走进校门，在熟悉到无须睁眼也能找回去的路上急速地走着。

快到女生楼的时候，王力男忽然停下来，看了他一眼。他看着她，觉得她的沉默有些反常。但是她只沉默了片刻。

"我认为……我感觉……我有些喜欢你……"她说得很慢，也很认真，"你是什么想法，能不能告诉我……"

张阿毛目瞪口呆，不知道该说什么好。

过了片刻，也许是很久，他才清了清嗓子，很不好意思地开始讲话。

他们在一起又聊了很久，感觉越来越轻松，最后愉快地道别。他听见她敲了半天宿舍门之后终于被放进去，才独自离开。

6. 爱情是一种让我恐惧的东西

在那个早春的下午，坐在图书馆里的张阿毛苦恼万分。

大自习室里人很多，好像比往常还多。他觉得每个人都在注视或偷窥自己。旁边每一点细微的动静都让他警觉。他把一本书放在旁边，防备万一有认识的人过来打招呼，好及时把打算写的内容遮掩起来。这种感觉如同做贼。

他为写这封信焦虑了整整一个下午。此前他几乎已经打过一百遍腹稿，或者更多。每天闲下来的时候，晚上躺在床上的时候，他就在想这件事。可是想了很久，到真正着手写的时候，依然感到神思枯竭，无话可说。也许干脆是话太多，不知道该从哪里说起……不管什么原因，他就是一个字也写不出来。

有一刹那他甚至想换个环境，随即想到图书馆大自习室已经是最安静的地方，不可能找到更合适的场所。别的教学楼那些自习室，更显得喧闹而且容易碰到更多认识的人。他们系大多数同学喜欢到教学楼上自习。宿舍则绝对不能考虑。

张阿毛咬了半天笔帽，终于开始写信了。但是他写得很不顺利。写信从来没有如此艰难。他感到非常沮丧。

信纸已经撕掉了好多张，眼前却还只有一个孤零零的称呼。一个名字静默地出现在信纸的开头，如同一个被抽象了的人，在等待倾听。

他应该是陈述者。然而他的表达遇到了困难。

折腾一阵之后，他有些累了，只好趴在桌子上小睡片刻。但是他不可能得到休息。脑子里的念头如同万马奔腾，轰隆隆地来去，合上眼似乎还能看到无数毫无头绪的字句在那里乱晃。他第一次发现自己对文字竟然非常敏感，不用写出来，也能感觉到它们在头脑或者别的地方流动的形象和声音。

"我的笔墨都变得内向了——面对一个基调热情的主题，它们开始害羞；可是我不能控制。"张阿毛无可奈何地想，他甚至有了打退堂鼓的想法。

不过他到底硬着头皮写了下去。就像果真面对一个听众那样，他把自己想说的话，不假思索地变成文字，根本不去讲究语法和词藻。偶尔有笔误，就直接划掉，接着往下写。这种方式让他慢慢放松起来，书信变得越来越长。他忘了周围的人和时间。

等到他写完之后，又看了一遍，才抬头环顾四周。一切似乎都没有变化，人还是那样多。他再看看窗外，才发现天已全黑，早就过了晚饭的时间。

可是他没有饥饿的感觉，反倒精神百倍。回宿舍之后，他一边吃泡面，一边和同学聊到熄灯睡觉。大家都说他像吃了兴奋剂。

7. 我们的契约

"……我正坐在学校图书馆的自习室里给你写信，旁边有很多人，估计不下五六百。我希望谁也不会注意我在做什么，又觉得他们都注意到了。这种感觉矛盾而滑稽。

"有好久了，我都在想，你的生日就快到了，我打算送一件礼物给你。谈论礼物之前，我应该先回答你去年冬天提到的问题。

"同桌的最后一段时间，我无意中听到一些传说。他们说我和你在谈恋爱。这种说法让我非常惊讶，而且有些惶恐。对一名自小生长乡野、只会埋头学习的无知少年来说，第一次听到'谈恋爱'这个词与自己有关，那种感觉太可怕了。你知道，我没有特别贴心的朋友，找不到人去讨论这样一种传闻。

"我记得听到这个消息当天上晚自习时，我心里很乱，没跟你说一句话。回家之后，父母又说起考大学的事情。这两件事加在一起，让我反省，那天夜里没睡好觉。

"我觉得我们聊天浪费的时间也许太多了，我不敢再继续下去。我不想让父母失望，他们为我耗费了太多心血，我在前面几年的学习成绩又给了他们很多期望，一旦出现不好的结果，打击会变得格外沉重。此外，我和你情况差异很大，我只是裁缝和治安员的儿子，如果高考失利，我不可能获得太多帮助，不可能有机会看到外面的世界。我虽然不排斥一种手艺，也热爱故乡，但要是终生就关在一个小镇里，与一生下来就认识的那些人和环境相处到死，这种前景太可怕了。

"作为一名普通的少年，我那时候虽然性格比现在还安静，也一样渴望像从前的文人墨客一样四处游历。我在从前的环境里能读到的书少得可怜，可是仅仅一本《唐诗三百首》就足以赋予我远游的梦想。

"除此之外，我也不想因为过多聊天耽误你。时间的浪费是双向的，你我都一样。我相信你一样希望一次考上大学，以免为今后工作的事求助于父母。

"更重要的是，我不想让一件我认为是空穴来风的事情影响你的名声。同学什么话都说得出来，要是传开了，以后可能会面临很多麻烦，尤其是在小地方。

"这就是当时的情况。所以我决定收敛一些，尽量不和你说话。我以为这是一个不错的解决方案，毕竟大家只是同桌，那之后会淡忘一切。

"我为随后那段时间的事情向你道歉。现在看起来，采用那种方式，类似于突然死亡，确实太过分了。你说我狠毒、无情、冷漠、自私，虽然未免过于严厉，我也能理解。起码当时我对你造成了伤害。

"然而，你不知道的是，我自己后来同样很不开心。我重读了当时的日记，一直到高中毕业，它们都显得非常灰暗，显然不是因为高考的压力。大家都知道，如果我正常发挥，考上大学不成问题。那段时间，我写的文字里充满了莫名其妙的想法，以及毫无来由的情绪波动。我的脾气变得很坏，感到非常焦虑。我自己也不知道发生了什么事情。有很多次，我觉得如果再不和你说话，我就要发疯了，可是一看见你冰冷的脸色，我又什么也不敢说。我不是埋怨你，我知道所有情况都是我自己造成的。我想说的是，后来那段时间我一直感到后悔，却找不到合适的方式去补救。

"最后一个学期，听说你转学，我感到从前的时光如同做梦。但我没料到你会送那部小说给我。你一定费了很多心思才弄到的吧。坦白地说，当时我的感觉是得到了想要的书籍，却失去了一个世界。整整几个月，我只要看到旁边的空位置，就会感到伤心和难过，这是我以前从来不曾提起过的。可那个时候，我的感觉就是这样。功课变得不再有吸引力。

"说起来很可笑，我本来是为了大家的考试采取极端措施，高考却因此考砸了，虽然还是侥幸地到了这所学校，但考试结果和平时有很大差距。也许你的考试也因此受到影响了吧。

"这件事已经过去了三年。现在我差几个月到十九岁，是成年人了，再次审视三年前的自己，可以更多地理解当时那个少年的心思。总的说来，我是一个性格传统、略微有一些内向、喜欢控制自己情绪的人，心里的很多想法，都被不由自主地压抑下去。这个习惯到现在还影响着我，有时候我要花费很多时间才能弄清楚自己真正在想什么，真正需要什么。我希望读这几年大学能帮助我改善乃至克服。

　　"再次回顾往事，我觉得其实很清楚了。那时候的我，虽然自己还不曾察觉，是一直爱你的。说不清从何时开始，也许就在一起制造彗星的时候，也许就在上课赌博的时候，也许就在聊天的时候，不知不觉间，我已经爱上了你。所以后来才会自作自受地体验到那么多复杂的情绪。

　　"我很同情处在那个年纪和那个环境的那名少年。他无知、腼腆，还有一点天真，初识感情滋味却仍然懵懂，就算明白了也说不出口。任何一名十六岁少年的幼稚、羞涩、怯懦、矜持，他都具备，而且程度更为严重。但是，他是爱你的。

　　"我把一切都告诉你了，没有任何隐瞒。然而这封信还没到结束的时候。我还要像写刚才那些话所感觉到的那样，继续脸红心跳、头脑发热地写下去，就算你知道了会嘲笑，我也要继续。

　　"图书馆附近有很多花，开起来很美。我很喜欢迎春，它开得最早，是娇艳的黄色，让我想起家乡的油菜花。现在它的蓓蕾已经绽开了一半，明天就该全开了。我会在最早的时候，去采撷那些刚刚开放的迎春，连同上面带着的露水，一起寄给你。希望你可以在花香里感到春天的气息和我的呼吸。

　　"这就是我要送给你的生日礼物：今年初放的迎春和我今生的初恋……"

"……你回答问题层次清楚，内容详实，细节丰富，不愧是高才生。不要紧张，我不是讽刺，是在说真话……

"谢谢你这样对我。我只是一名平凡女子，学识浅薄，没读多少书，即使有一点想法也是很私人的、微不足道的东西。有时候我在很多方面都感到很自卑，觉得什么都不如别人。

"我有很多缺点，比如任性、暴躁、冷酷、自私，一时也说不完。我在一个娇纵的环境里长大，各种要求很少被拒绝。家里一直想把我训练成一名温柔贤淑的闺秀，可是我不想只做闺秀。但我也不像流言飞语说的那个样子，那些闲话我早就听说过一些，只是无动于衷。我才没有时间答理他们那些说法。

"爱情是一种让我感到恐惧的东西。由于家庭环境，我跟外面的人打交道比较多，亲眼看到或听说了不少事情。我觉得女人在这种关系里始终是弱者，一定要给自己留好退路，否则只好一辈子伤心。我认识不少女性长辈，她们都非常不幸。

"我想要的爱人，既得是丈夫，也得是朋友，还得是父亲和兄弟。他应该是四者的统一。这确实很难，但我是女的，天生是弱者，应该受到多重保护。我经常觉得自己比玻璃珠还脆弱，需要一个人来精心呵护和关心……你知道，我并不像外表显示的那样坚强。你确信你能做到这些吗？我觉得你也是娇生惯养长大的，你们家对你的溺爱全镇都知道。或许你需要学习。人们说好女人是一所好学校，但我不是。我自己都很糊涂，所以你不得不自学。想到你可能面临的困难，我都有些同情你了……

"或许我们应该给对方一年的时间，彼此考察一下，看是否真的合适。我希望这一年里，大家有什么话都开诚布公地说出来，不要藏在心里，无论结果是什么，都要好好商量之后再做决定，好不好？这就算是一种契约吧，毕竟我们都是成年人了。一定不要突然就莫名其妙地叫停。我很害怕这个，而且我已经被打击过一次了——我应该说对方是刽子手还是什么人？也许你才知道最合适的称呼。哼。但我还是决定原谅你。你瞧，我还是够宽宏大量的吧。

"你回答了我的问题，我也要回答你的一个问题。去年暑假看照片的时候，靠墙的那张是春天拍的，身上穿的是薄呢裙子，你没看出来吧。当时跟我一起的是我的好朋友和她的男友。他们在一起很开心。那时候我情不自禁想起了以前的同桌。我不知道他在大学过得怎么样。我怀疑他认识了新的同桌，说不定又在用制造彗星之类的游戏骗人。

"你先别忙解释。我可了解你，你不像别人认为的那样老实和善良，其实诡计多端，花样很多的，只是脸上不显出来。而且你是一个冷血动物，你不觉得吗？你似乎缺少激情，什么时候脸上都是淡淡的，说话总那么冷静，让人猜不透你心里在想什么。就算我说得不对，那也是你太善于伪装了。菩萨洞这样的镇子上怎么会出你这样狡猾的人？我妈说书读得越多人就越坏，我看这是真的。

"但是我感谢你送的礼物。它带给我的快乐，比从前那些加在一起还要多；它带给我的旖旎梦想，让我一夜无眠……"

8. 雨中访客

菩萨洞的夏天总在下雨，而且总是突如其来地下。

被路人踩得很光滑的石板街，旧得发黑的木楼和新修的洋房，路两边的槐树，还有那些偶尔从街上开过去的大货车，全都是湿漉漉的。无数双水靴在街道上走来走去，到处都是泥泞。悬浮在半空中的有雨伞、斗笠、草帽、旧军帽，以及一切可以想象出来的遮雨工具。有人头上顶着一口锅。

张阿毛看书看得倦了，趴在楼上的窗口，看外面的街景和走来走去的那些人。他喜欢下雨天。记忆中的暑假，全都潮湿得往下滴水，就像所有一楼的铺子那样。它们的屋檐都在滴水。他们家的铺子没有开门，父母去城里走亲戚了，裁缝铺子无人当家。

"下多少场雨了，我觉得骨头都长草了！这鬼天！"哥哥坐在旁边的椅子上，一边狠狠地把烟头摁灭一边抱怨。不知道他什么时候上来的，刚才还在楼下看电视呢。

"张家口不下雨吗？"

"很少下，你在北京两年了，又不是不知道！"哥哥恶声恶气说。张阿毛知道他不是对自己发脾气。哥哥比他大两岁，刚从部队转业回来，一时还没落实工作，心里很烦。三年前他考大学只差五分，家里让他复读，他执意要当兵，父母只好同意了。就业问题虽然推迟了三年，但是总得解决。按照父亲的想法，他最好留在家，帮着料理酒厂；哥哥却不答应，说是宁愿吃点儿苦头，也要到外面找事做。

张阿毛估计父母走亲戚和哥哥的工作很有关系。他也希望哥哥尽快找到喜欢的职业，开心一点。哥哥和父母一样，对他从小宠爱到大，小时候在外面充当他的保护人，当兵的时候回家探亲，还用省下的战士津贴给他买书，带他进馆子。他也有些为哥哥发愁了，却帮不上什么忙。

哥哥又摸出一支烟，张阿毛就凑过去，说："哥，我来给你点。"

他带着一点讨好的建议被接受了。哥哥在他打着的火苗上点着烟，使劲吸了一大口，两股白烟从鼻子里呈放射状喷出来，就像《西游记》里的妖怪。但是天下没有这样亲密熟悉的妖怪。

"你把嘴张开，我看看你的牙。"妖怪说。

张阿毛正在纳闷的时候，哥哥突然坏笑着把烟塞进他嘴里，他不由自主吸了一下，顿时呛得连声咳嗽。兄弟俩开始打闹。

正在扭打的时候，哥哥突然停下来："有人敲门，快去开。"

只要父母不在，偶尔甚至当着父母的面，哥哥都支使他。妈妈早就说过了："我们家是大懒支小懒，从老家伙算起。"

"你去！"张阿毛说。

"我是老大，叫你做什么你就得听！"

"我才不去！现在你是当家的，该你出面应付人。"

"懒骨头，懒虫，懒坏子，总有一天我要治好你的懒病！"哥哥瞪眼踢他一脚，嘟囔着下去了。他顺势躺倒在木制的楼板上，赖在那里，不想起来。天气不那么热，浑身酸懒，可又觉得很舒服。他越来越喜欢下雨天了。

"老幺快下来，有人找你！"哥哥的声音里有些惊讶的味道，他觉得很奇怪，就从楼板的缝隙里往下看，发现哥哥正在回头张望楼梯口，脸上竟然有些尴尬和欢喜。这种表情看上去很滑稽。他故意不回答，看他如何表现。

"阿毛！你快点儿！"哥哥又催促起来，他不好再拖延下去了，就起身拉了拉衣服，趿拉着鞋子一步一步、摇摇晃晃地走下活动的木板楼梯。

两扇门都开着，光线比楼上明亮许多，他一时有些睁不开眼，恍惚看见敲门的人还在外面。

"找你的，你认识吗？"哥哥的问话听起来就像在审问，他觉得有些好笑。

张阿毛再次看过去，发现那人浑身湿漉漉的，衣服和头发都紧紧贴在身上，手里拎着一双粘满烂泥的高跟凉鞋。她的表情有些尴尬。他突然记起自己还没洗脸，身上穿得乱七八糟，头发乱成一团。

"好像不认识。"他觉得心脏跳了一跳，微笑说。

一丝略带尴尬的微笑从巫凤凰眼里掠过，他读出了隐藏在后面的恼怒和羞涩：你竟然敢说不认识我！

张阿毛忙笑着说："快进来！"又对哥哥介绍说："哥，她是我高中同学。"

"噢，我就知道，是同——学！"哥哥拉长声音，把"同学"两个字说得很重，然后笑着走开。他发现她的脸红了，有些埋怨地看着自己。

窗外雨已经停了，天色是明亮中夹杂着一点淡灰，空气很湿润。

"这么大的雨，你居然来了。"等巫凤凰换上他的干净 T 恤，张阿毛回头看着她说。

她安安静静地坐在椅子上，他依然趴在窗口。

"半路上才下的雨，"她抬手撩了一下头发，"镇上这条街越来越差，到处都是稀泥和水坑，我的鞋跟崴断了。"

她的头发仍然湿漉漉的，随便梳了几下。乌黑的，潮湿的，微微闪着亮光的头发。就像刚上过流行的摩丝一样。但他知道她从不用这些东西。

"怪不得你拎着鞋，"他忍不住笑了，"你就光着脚走到我们家来了。"

"是。"她微笑说。

厨房里叮当响了几声，又有水流动的声音。哥哥在准备午饭了。

"我本来说过两天就去看你，刚回来还不到一个星期。"

"我知道。"

"那天我在城里给你打电话时，蒲小明在旁边。而且我下午就回家了。我只是路过。"

"你架子不小。我以前从不请人到家里吃饭。"

"我巴不得去你们家吃饭呢。可是那天刚下车，想早点儿回家看父母，没有别的意思。当时也吃过午饭了。"

"我以为你又犯什么毛病了。写给你的信也不见回。"

"我回了呀！每一封都回了的。"

"最后一封就没回。"

"该不会是寄丢了吧？我都是亲手把信放进邮筒里的。我回家前一天收到你的信，第二天上火车前寄走回信。按说也该到了。"

"你寄到哪里了？不会还是学校吧。"

"我糊涂了。真的寄到学校去了。忘了是暑假。"

"你总是对什么都心不在焉。"

"没有没有……"

哥哥在楼下喊了一声："阿毛，吃饭了。"

她站在楼梯口，面对活动的楼梯，有些犹豫。他正要拉住她的手，她却躲开，几步就走下去了。他笑了一下，也跟着下去。

"哥,这么多菜。"张阿毛说,"看来部队真是锻炼人。"

"胡乱炒的。这是乡下伙食,将就着吃点儿。"哥哥对巫凤凰说。

"我也是这里长大的,"她微笑说,"而且你做的菜比我们家的好。"

"哈哈!谢谢夸奖!"哥哥笑着倒酒,"来一点不?"

"我沾了酒头就晕,不能碰。"巫凤凰忙推辞。

"那老幺喝一杯。"

"哥,我也不爱喝酒,你又不是不知道!"张阿毛说。

"那我教你。我是你拐子嘛,叫你喝你就喝。"哥哥把一个倒满的杯子递过来,张阿毛白他一眼,只得接过杯子。

她带着笑看兄弟俩,有些看热闹的样子。不知道是笑他接酒杯时颤巍巍的样子,还是笑哥哥自称"拐子"。镇上的人除了直接称呼,都把"哥哥"说成"拐子",她应该是记得的。

"哥,全靠你一个人,不然我们就吃不上饭了。"张阿毛和哥哥碰了一下杯子。

"你看阿毛现在懂事了,小时候父母不在家,我做那么多次饭,他就不知道说这话。"哥哥举着杯子说。

巫凤凰含笑看张阿毛一眼,他觉得自己有些脸红了。他把这个归结为喝酒上头。

"老幺你脸红什么,我开玩笑。就算今天我不会做饭,你同学该也会做一点。饿不着你。"哥哥一口干了一杯酒,精神越发好了。

"我手脚很笨的。"巫凤凰说。

"谦虚。我才是真的什么也不会做,除了熬粥。"张阿毛笑着说,"对了,哥,一会儿我去熬粥吧,不用做米饭了。"

"那你就去熬。我还没吃过你做的饭呢。"哥哥笑道。

镇上人家打发午饭的习惯是，先吃一些酒菜垫底，包括点心水果之类。正经饭食要过一阵才开始，相当于一餐饭分成两次，上半场和下半场。

哥哥喝了不少酒，歪在竹躺椅上抽烟看电视。张阿毛和巫凤凰一个淘米，一个洗锅，在厨房里一起熬粥。

"对了，你喜不喜欢绿豆粥？"他想起妈妈在家时，最爱熬绿豆粥，说是清凉败火，夏天最应该喝的。家里还有好多绿豆。

"喜欢。我妈也熬。"

"听说要先把绿豆放在锅里炒几下，炒出香味，才放进去煮，不然绿豆煮不开花，粥里没味道。"他开始贩卖从妈妈那里听到的经验。这还是有一次妈妈问起学校宿舍里让不让自己做饭，顺便传授的一点心得。

"第一次听说。"她说。

"我们可以试试。"他说，"不过熬粥很需要耐心，比做米饭累人。越好吃的东西，越花时间。"

这一锅粥煮了很久。

他和她站在炉火旁，照看着饭锅，一直随口说着一些话。慢慢地锅里冒热气了，慢慢地水开了，慢慢地饭滚了，中间还因为不留心，扑出来几次。也不知道过了多长时间，锅里的粥从白色变得微微发黄，最后则透出一层隐约的淡绿，黏稠油亮的，散发出温暖的香味。

9. 哥们的质问

蒲小明在县城的新家成了朋友聚会的中心。我渐渐养成一个习惯：只要放假回去，都去他那里待几天。他交朋友的本事历来让我佩服。从高中到大学，他的本领明显增长，交往的圈子也扩大了。

大学三年级的寒假，我们玩得尤其开心。往往上午还在文化馆听一帮人说故事，下午就坐着一辆警车冒寒到郊外山上打猎了，晚上不定又跟本地小有名气的歌手一起吃饭唱歌。我始终搞不清楚这些不同职业的人蒲小明是怎么认识的。他一样也在上学，哪有这么多时间去结识众多背景不同、阅历差异很大的人呢，何况他们跟他又都显得很熟悉很哥们，知根知底的样子，真让人惊讶。

通常我不出声地看他迎来送往，或者跟着他走街串巷被人迎送，同时在一边陪着微笑。我毋须说什么，他知道我本来就不是一个多话的人。但是有一天我看见他和一个在路边摆摊却颇有出尘风致的算命先生也很熟络地打招呼，忍不住夸奖说：蒲小明你真是个怪物，我对你的敬佩如同滔滔江水……我的话结束之前他已经在我脑袋上敲了一记。所以我只好住口，继续分享他的朋友资源和随之而来的快乐，直到回小镇上的老家。

但是春节那一阵却很无聊。我们那一带冬天历来冷湿，总是阴阴的，出太阳的日子不多，即使有一点阳光，光线里也裹着一层寒意。最怕是下雨，原本就阴冷潮湿的空气变得锋利，街上行人稀少，天空是铁青色，怒气满怀的样子。这种时候出门，眼睛往哪里看都很不得劲。那个春节的雨从除夕就开始下，一连几天不停，直到我该离开家上学时，街道也不曾干。我在家安静待了几天。父母很高兴，整日在身边守着，我却觉得愁闷难捱。本想等到雨停了才走，但是我终于觉得捱不下去了。我开始想念北方宿舍里的暖气，也想念年轻人聚集在一起的热闹欢乐。

蒲小明显然同样无聊得发慌。我又出现在他家里，还忙着换鞋时，他就站在旁边不停地说话。从按响他的门铃，到在沙发上坐定，我就听到了至少三条消息。

春节他去看在县城中学复习班的老师了，才两年就觉得老先生比起原先又干又瘦。

头天晚上他在外面打麻将打到半夜，赢了三百块钱。

他父母一早就冒雨赶往另一个县城参加一个亲戚的婚礼了，他偷懒没去。

"正好你来了，我们又可以一起去玩。"他高兴地说。

"可是我要去学校了，还有几天就开学，"我说，"我想坐今天晚上的火车。"

"从这边过去只要两天，你何必那么早就到校。"他拉着我的手说，"阿毛，这个时候不玩，以后工作了，想玩都玩不成了。"

商量的结果是我在他家待一天，第二天晚上再走。然后他就去厨房里弄吃的。

"阿毛，我前两天看见巫凤凰了。"蒲小明在烟熏火燎中边咳嗽边说。一股油炸辣椒的味道从厨房里飘出来，让我直吞口水。

"我看看你炒菜的架势对不对。"我走过去，顺便靠在厨房的门框上，陪他说话，"当时是在哪里？"

"当时我爸带我们在'天上人间'吃饭，我看见她跟好几个人在另一桌，可能全家都去了。"他说。

"哦。听说'天上人间'饭菜很贵的。"我说。

"是我爸请客嘛,我才没那个钱,"蒲小明炒好一个香辣肉丝,我把盘子端到饭厅里,听见他的声音从后面追过来,"巫凤凰还问你了呢。"

"你是不是要做煎鸡蛋?"我看见他拿了好几个鸡蛋出来,就去帮忙,"我喜欢打鸡蛋。"

"她问你怎么没和我在一起玩,"他让到一边,却又警觉地说,"你今天怎么老打岔?"

"我没打岔呀,"我扭头看看他,笑了笑,"你不是都说完了吗?"

"说实话,我不知道你们两个到底是什么意思,"他疑惑地说,"两个人都是不冷不热的,什么毛病!"

"我和她……能有什么意思,"我想了想,对他说,"我们在恋爱呀。你又不是不知道。"

蒲小明惊喜地看着我。他脸上的神情让我有些感动。我那时候能够想得起来的一句话就是:他对我真的像兄弟一样。

但是他却变得有些愤愤不平,立刻发出一叠声的感慨、谴责和逼问。

"是什么时候的事,我怎么一点也不知道!"

"阿毛你怎么这么狡猾!瞒得好紧,一点口风也不漏!"

"你快给我老实交代,不许隐瞒一个字!"

"我哪瞒你了,你早就知道了的,"我把搅好的鸡蛋放在锅台上,辩解道,"上高中的时候你就在说了。"

"那是开玩笑!我一直都在说,可是你一直不肯承认!"他断然否认自己作为知情者的身份,"快说!你们这样有多久了!"

"哪样?"我发现他手里的锅铲不停地把鸡蛋翻来翻去,显然他已经忘了是在煎鸡蛋而不是炒鸡蛋。我觉得他的问话不知所云。

不能再说我爱你

"谈恋爱嘛！"蒲小明觉察到了自己的失误，干脆用铲子在锅里乱划一通，原本摊得完整而均匀的鸡蛋变成了碎块，颜色也逐渐金黄。

"我也说不清楚。"我说。我觉得有些发窘，但又不至于害羞。我们已经太熟悉了，很难在对方面前害羞。

"那你说，你们两个是谁先开口说那个什么……"他停下来，想了想说，"就是说，谁先表白的？"

"做事要专心，"我笑着提醒他，"鸡蛋都快糊了。"

"你不说我也知道，"蒲小明和我在餐桌边坐下，他开始尽情想象，"肯定是你，单腿跪在她面前，可怜巴巴地说，'啊，亲爱的，接受我的爱，否则我会死去。'——你喝不喝酒？"

"我不喝，你也别喝了，省得再胡说。"

"要不就是她主动？"他有些不相信地猜测，"我早就说过，看这丫头不是普通角色，想不到她这样爽快！——你当时怎样回答，是不是心里窃喜，立刻半推半就？"

"她是女生嘛，不大可能太主动吧。"我说。

"那还是你先说的！"蒲小明兴高采烈地说，"我就说了，不管你平时假装多斯文，到这种时候，脸皮自然就厚得很了。你说是不是？"

"算吧。"

"你还没告诉我：什么时候说穿的？"他越来越像个刑讯逼供的好手。

"一年前。"

"你们就这样偷偷摸摸，一直不肯告诉人！"他问清楚了所有问题，不再有疑问，随即露出一丝不满，"阿毛你可真会瞒哪，一年都不吭一声。"

"我不是有意瞒你，"我说，"以前觉得不到时候，今天也主动说给你听了嘛。"

"这才是好哥们儿呢，"蒲小明说，"自己人都不说，就没意思了。——你这个寒假去找她了没有？"

"寒假太短，我就没去找她，"我说，"她不会多心吧。"

"阿毛你真是傻孩子，不懂姑娘家心思。"他当即打断我，"你都回来了，又不去看她，哪个当女朋友的不多心？我们作为哥们儿，你要不来我这里玩，我还会有想法呢。——莫非你真是孤单惯了？"

他一说到"孤单"二字，我突然觉得对巫凤凰的思念陡然间变得异常强烈。事实上，在从家里到县城来的路上，我还犹豫是否要去看她，又担心春节期间去她们家拜年的人多，两个人连待的地方都没有。

于是我对蒲小明说，晚上请巫凤凰来一起做饭。他当即赞同。

10. 冰冷的手

菩萨洞长大的人眼神都很好。透过冰冷的雨丝形成的薄薄一层水雾，我老远就看见巫凤凰家阳台上淡蓝色的窗玻璃。

我比约定的时间早到了一分钟。已然知道她家有大群客人，我就站在门洞里，一边等她下楼，一边看细雨笼罩中渺茫的街道和楼房，以及马路对面那间茶馆里隐约的面孔。

"喂，喂。"她的声音听起来飘忽悠远，带着回声似的。

但我知道她就站在我身后。

幽微的气息以巫凤凰为中心，向四周飘逸开来。到底是她天然就带着这样一股香，还是她穿着的那一件湖水绿丝绒长裙上喷了香水，一时也难以分辨。我看着她，因为此前注视雨幕，视力有些模糊，眼前的人显得不十分真切。

"你很准时。"我说。

"我刚才在阳台上。"一缕笑容从她嘴边掠过去。

一辆人力车从街道那一头过来，被我们招到跟前。她和我从两侧分别上车，坐定之后，车夫就驶着我们往蒲小明家去。她身上的雨披是红色的，在春寒天气里有些暖意。

我们一路上都没怎么说话。巫凤凰的头发比之前更长了些，右侧的头发略微烫了一点，在额际绾出一线波纹，然后又顺着耳朵梳到后面，不留意看不出修饰的痕迹。车篷里有些暗，她的脸却是光亮的，能看见睫毛投下的影子。

人力车经过一段碎石路面，不停颠簸，我们歪来倒去，偶尔碰到对方身上，互相笑一笑，赶紧坐正。车篷外面的雨一直无声无息地下。

"我买了好多东西，够咱们大吃一顿的。"蒲小明一开门就说。他很知道怎样转移注意力，避免让人产生尴尬。

巫凤凰脸上的难为情在他的闲聊中渐渐褪去。还在楼梯间的时候，离蒲小明家每近一步，她神情中的犹疑和窘迫就增添一分。也难怪，那是我们第一次在第三个人面前，以一种明确的关系公然出现。她和蒲小明很不熟悉，究竟只是高中同学。她对他的了解是在我的信中，他对她也许了解得多一些，依据也往往是道听途说。

在客厅里坐了一会儿，天色渐暗，我们一起去厨房看蒲小明买的菜。

"十个人吃也够了。"巫凤凰扫了一眼，得出结论。

水桶里有两条活泼泼游动的鱼，块头都不小。灶台上摆了一大块猪肉，全是瘦的。此外是鸡翅、鸡爪、鳝段、豌豆苗、卷心菜、青椒、莴笋、酸菜、水萝卜，数量都不少。生姜、大蒜、花椒和葱白放在旁边的一只塑料袋里。

"你想开饭店还是囤积呀。"我说。他一个人居然能从菜市场搬这么多东西回来，实在让人佩服。想到每一种菜都要花时间讨价还价，我更佩服他了。

"我不知道巫凤凰做什么菜比较拿手，把想得到的都买了一些。"蒲小明笑着说，"我是天生的好采购员。"

"不会吧，你们男同胞都看着，让我一个人做？"她不满地看了我们一眼，脸上却带着笑容。

"那就让阿毛给你打下手，"蒲小明说，"我听他把你的厨艺吹嘘得很厉害，想见识一下嘛。怎么样，给个面子？"

"那你就洗碗。"她冲蒲小明笑一笑，回头却白了我一眼。

蒲小明冲我一眨眼，点着一根烟就进了客厅。他把电视开得很响。

"他比你细心多了。"巫凤凰低声说。

"就是，所以我佩服他呀。"我说，"你打算做什么菜？我也向你学两招。"

"你要真愿意学，在家该多请教你妈。"

"我妈一般不让我们进厨房，嫌碍事……再说，我妈是我妈。"

她笑着看我一眼，把洗好的菜翻看一遍。最后伸出三根手指，捏住一条鱼的背鳍。那条鱼冷不防被拎起来，身体拼命挣扎，尾巴在我脸上扫了一下。我脸上溅了好些冰冷的水珠。我退后一步，她又拎起另外一条鱼让我看，结果溅过来更多水珠。两条鱼看上去差不多，没什么分别。

我狼狈不堪地抹脸。巫凤凰说："一条草鱼，一条鲤鱼。"她的眼睛里满是笑。

"我怕你了，"我抱怨一句，心里却有些欢喜，"我不敢给你打下手了。"

"今天晚上有好吃的，你怕什么。"她笑着说了一堆菜名，"酸菜鱼，糖醋鲤鱼，红烧鸡翅，熘鳝段，清炒卷心菜，清炒豌豆苗。来得及的话还可以再做一道萝卜豆苗汤，里面放猪肉丸子。"

"这么多！"

"一样做一点吧，还有些蔬菜用不上，留着他自己吃了。"

说着话的时候，巫凤凰开始动手。她切菜的声音很小，动作很快，嚓嚓嚓一阵绵密的响声之后，萝卜和酸菜分别切好了。豌豆苗用整根的，不需要额外处理。

然后她杀鱼。开膛，抠鳃，沥血，刮鳞。两条鱼转眼就一动不动放在盘子里，安安静静等着下锅。

她的手很小，手指细长。

"我跟你学做鱼。"我说。

"那你先出去，等我把鸡翅和鳝段做好，你再来看。"

但是我刚进客厅，又被蒲小明往厨房里赶："你来干吗？别打扰我看电视，快过去帮忙，别把她一个人撂厨房里。"

我赖在沙发上不起身，他跑过来拉我。我们打闹了一阵，正在说笑的时候，就闻到红烧鸡翅的香味了。

"她手脚蛮快的，你好福气。"蒲小明说，"我告诉你，大学毕业之后，趁早跟她结婚，免得被人抢走了……"

"我去端菜。"我说着就走。他在后面哈哈大笑。

鸡翅已经盛在盘子里了，黑红油亮，冒着热气。巫凤凰手里的铲子在锅里翻炒着，见我进去，说道："鳝段不能炒太久，马上就好了，一起端出去吧。"厨房里有些热，她的脸有些红。

随后我看她做那两条鱼。

巫凤凰把一些酸菜和调料放进锅里，开始炒菜。我问："不是放在一起煮吗，你怎么还要炒酸菜？"

"其实和你们家做绿豆粥一样。"她说，"先要把酸菜炒出香味，然后再加水，不然做出来的酸菜鱼不好吃。"

一只锅里做酸菜鱼，另一只锅则开始做糖醋鱼。这条鲤鱼由她做技术指导，我具体实施。

按照她的吩咐，我在鲤鱼的尸体上左右交叉着划了很多道斜口，又把她调好的芡汁抹遍鲤鱼的全身，从外面到里面的肚腹，以及每一个伤口裸露出来的肉。这个过程让我想起一些书上提到过的膏沐仪式。

巫凤凰把剁成块的草鱼放进旁边那只锅里。我这边鲤鱼也下锅了，我在它肚子里放了一些姜丝和蒜茸，还让它嘴里衔着一节葱白，希望它做个饱死鬼。"要用文火温油，炸的时候小心一点，看烫着了。"她说。

"放心，我是个好学生。"我笑了笑，想把火苗调小。锅里的油已经沸腾，急剧翻滚起来，发出噼里啪啦的响声，同时有焦糊味夹杂着香味传出来。等我把鲤鱼捞起来时，它已经面目全非。鲤鱼的腹鳍变得焦黑，尾鳍少了一半，肚子上的一块肉掉在盘子里，露出几条肋骨。

"我第一次看见炸成这样的鱼。"她笑了，"你果然是个好学生。"

我笑了一下，接着熬糖醋汁。白糖、米醋和芡粉放在一只海碗里，搅拌到很均匀，尝起来是甜中带酸，正合适。这一大碗汁液倒进锅里，我慢慢用铲子搅拌，能感觉她的目光也像我手中的铲子一样游移，不清楚她在想什么。我闻到了另一只锅里草鱼和酸菜的味道。

那天熬出来的糖醋汁味道很好，浇到炸过的鱼身上，看上去还有些模样。但是蒲小明一眼就发现了端倪："这是阿毛做的吧。哪里是糖醋鱼，分明是糖醋骷髅！"

"我们合作得不太成功。"巫凤凰微笑说。

"但是味道很不错。"蒲小明吃了一口，造谣说。我已经在厨房里尝过了，透过酸甜润滑的糖醋汁，仍然能感觉到鱼肉的焦味。

"火太大了，把好好的鱼给毁了。"我说，"都怪我。"

"刚开始肯定掌握不好火候和分寸，慢慢来，时间长了，就熟悉了。"蒲小明又喝了一口酸菜鱼的汤，说道，"这个更好吃，明显是高人手段。"

三个人吃几大盘菜，又慢慢聊着，居然就拖到两集电视剧结束的时候。蒲小明忙着洗碗，我送巫凤凰回家。

雨已经停了，街道上很安静，偶尔听见摩托和人力车从什么地方过去。路灯光线昏暗，凛冽而湿润，被路面反射得支离破碎，更见微弱。她和我都不喜欢在灯火通明、光芒四射的商业街上走来走去，我们就绕开大马路，从青石铺地的狭窄小巷中穿行。从蒲小明家出来，要穿过七条巷子，还要在河边走一段，再回到大马路上，才能到她家。

在河边的时候，她滑了一下，险些摔倒。我忙伸手去扶，却晚了一点，她自己站稳了。那一段路上没有路灯，不知道她能否透过黑暗看见我的内疚。两人都不说话了。

又走了几步，她低声说："我们似乎缺乏默契。"

"是，"我说，"我很笨的。"

我看见她在黑暗里笑了一下，然后她的手伸到我面前。"我们真的好像陌生人一样。"她的声音里带着笑。她的声音有些紧张。

我握了一下她的手。我冰冷的右手握住她冰冷的左手，只一下，但持续了很长时间，十根手指似乎打上了死结，再也拆解不开。前面不远就是街灯明亮的马路，再过去几步就是她的家。我们在黑暗中站着不动，直到两个人的手都变得暖和。两股热气在面前飘。我的眼睛习惯了黑暗，渐渐可以分辨出哪一股热气是她呼出来的，哪一股热气是我自己呼出来的。我侧头去看她的眼睛，看见她也在黑暗中寻找我的眼睛。

"就好像，一生下来就被你握住了一样。"她说。她的手，温软、滑腻，握在我手里，如同一只乖巧温顺的小动物。我掌心的皮肤捕捉到了她掌心皮肤的呼吸。我的手背记住了她指纹的形状。

11. 私奔去

夏天刚刚开始，张阿毛和巫凤凰就在书信里探讨，如何安排这学生时代最后一个完整的暑假。两人最后彼此同意：若不利用好这个假期一起出去玩，转瞬就是大学四年级，又是找工作又是毕业，上班之后的心情肯定该不一样了。张阿毛从大学二年级开始，课余就在外面找事情做，到此时已经攒了一小笔钱，估计痛快玩一个暑假没有问题。

按照商量好的，他们各自先回家，待上十多天，告诉家里说得返校参加暑期实习，然后离开。他只在回去的时候和蒲小明见了一面，在他那里停留了一个下午，后来路过县城，却没好意思去找这位哥们。

约定的日子下着瓢泼大雨，从早上一直下到中午他在县城下车的时候，随即又变成淅沥的小雨。他找到离她家不太远的一处录像厅，在旁边给她打了一个电话，然后就买票进去，坐在最靠边的位置，等她过来。那地方到门口只有几米的距离。

但是他几乎没认出她来。巫凤凰穿一件半旧的褐色雨披和一条发白的牛仔裤，脚上是一双长筒水靴。她的头发全塞在雨披的帽子里，帽檐压得很低，又加上了一副蛤蟆镜。不留意根本就认不出她是谁。她看上去就像一个行踪诡秘的女特务。

她把一张车票塞到他手里，匆匆交待几句话，立刻走了，就像所有完成接头任务的线人那样。

张阿毛估计她已到家，才从录像厅里出来，找个地方吃午饭，然后就慢悠悠走到河边，坐上渡船，到河对岸的火车站去。开车的时候是晚上，时间还早。下午他就在车站找了一间破败却收费昂贵的茶馆，坐在那里听几个老头子闲谈。

那是一个感觉复杂的下午。骤雨初歇，天气清朗，街上的人声、树上的蝉声和茶馆里的麻将声彼此唱和。在旁边闲聊的几个老头子神情疏懒，他也有一搭没一搭和他们说话。周围的平静让他没来由地惊心动魄，印象中飞速流淌的时间变得如同屋檐上的水滴。

就在那个下午，张阿毛第一次细致品尝了等待的滋味，也在老头子们的教导下抽了几口旱烟，更学会了抽纸烟。他尚未真正懂得品尝烟草的味道，却因身边高人指点，很快掌握了吐烟圈的微妙技艺。香烟一支接一支在他指缝间化作灰烬，他亲眼看着自己的两根手指一点一点缓缓改变颜色。五个小时之后，他拎起行李直奔候车室，手指已变得焦黄。

还有二十分钟开车的时候，他上了火车，进了邻近一节车厢，从车窗里观察站台上的动静。在候车室里，他没有发现巫凤凰的影子。他决定，如果开车前两分钟她还不出现，他就下车回家，去陪伴父母。

开车前十分钟，他终于看见了她。

一辆小车无声无息停在站台上，里面的人陆续下来，巫凤凰最后出现。司机拎着她的行李上了火车，她和她妈彼此挽着胳膊，也上去了，然后是她爸。

张阿毛低头看手表，秒针懒懒散散地跑，数六十下才算一分钟。他数了好几个六十下，才看到巫凤凰的父母又下了火车。车厢关门的同时，他就往车票上标明的车厢里走。火车开始缓缓移动。

那时候巫凤凰正背对着他，冲站台上的人摆手。他恍惚看见站台上她的父母也在招手，但是火车速度越来越快，来不及看清楚，月台就被抛到后面。在火车的加速度里，一切都成了急速掠过的幻象。只有她的背影是真实的。卧铺车厢淡蓝色的窗帘一半收拢，一半低垂。落日余晖透进一点来，巫凤凰裹在暗紫色长裙里的侧影在渐渐笼罩上来的暮霭中如同金身。

"你的行李都放好了？"张阿毛问道。

她转过身，轻快地说："都好了。我还以为你忘了时间，没上来。"

他笑："我也是——好像都在担心，生怕错过了。"

两张车票是面对面的下铺，很适合结伴坐车的人。他和她舒舒服服地靠在各自的铺位上，低声聊天。

"你心也太细了……"他想起这一天的过程，觉得很有趣。

"我爸我妈都容易多想，他们不可能允许我这样长时间跟另一个人出去玩，更何况是男生。"她正色说，"他们也是为我好，我不想让他们知道了担心。"

"你不知道我一个人怎么过来的，这大半天……"他忽然又觉得委屈。

虽然他尽量说得轻描淡写，她仍听出来了，含笑说："那我补偿你，怎么样？"

"那，你怎么补偿？"他笑着看她。

"我帮你削个苹果吃，好不好？"她躲开他的目光，取出一只黄皮肤的苹果，看样子是"黄香蕉"。那水果在她手里灵巧地转动，刀光闪烁中，变成白生生的模样。

"你削得很专业。"张阿毛笑道。那只苹果的皮是完整的一长条，像是一根带子，被放到桌子上的果盘里。

"以前我只给父母削过，你看你面子多大！"她把削好的苹果递给他。

"以后你每天都要削给我吃啊，"他说，"我也可以学，然后削给你吃……"

她嘴角露出微笑："削来削去的，你当这是还债呢。我看还是我自己来吧，你那么笨，估计也削不好；你们男生又不爱干净，万一把苹果摸黑了怎么办，我只有闭着眼睛才吃得下去……"

他正要反驳，看看自己拿苹果的地方，果然有两个指印。她一边削另一只苹果，一边看过来，他就吭哧一口，把上端的一只指印咬掉。她只是笑，手里的水果刀依旧在车厢里的荧光灯下一闪一闪的，很快另一只苹果也削好了。

"以前我也只吃我爸我妈削的苹果，你看你面子多大！"他心里笑着对她说，却没出声。只听见自己咬一口苹果，声音清脆响亮；又听见她也咬一口苹果，一样脆生生的悦耳。"你一口，我一口，亲亲热热小两口！"他冷不丁想起小时候不知道哪里学来的这两句顺口溜，虽然各人吃一只苹果，也不由得脸上发热，跟着又是出神。

火车到省城是半夜三点。张阿毛迷迷糊糊起来，拖着两个人的行李，睡眼朦胧地跟在巫凤凰身后出站。她在这座城市上了三年大学，又早有打算，径自带他去了最近的一家饭店。他一进大堂就坐到沙发上，又开始打瞌睡，猛然睁眼看见她在前台订房间，赶紧也跑过去。脑子早就发木了，居然又蹦出一个念头：他们这样一看就很年轻的两个人，一起订房间，不知道前台小姐会怎么想呢。

　　"你醒了。"见他过去，她笑着说，"我父母看在我参加暑假实习的份上，这次拨款特别大方，不要用你的钱。"

　　"312，313。"小姐递过来两个钥匙牌。

　　"反正就住在对面，有小偷进来就一起对付。"两人站在房间外面开门的时候，巫凤凰笑着说。三更半夜，她仍显得很有精神。

　　"除了你，还有什么人能……啊——"张阿毛打了个呵欠。

　　"累成这样，赶快睡觉了。"她笑着说，"早安！"随即关上门。

　　"洛阳女儿对门居……"张阿毛带上门，一头躺倒在床上，混沌中想起几个字，随即酣然入梦。

　　一个色彩缤纷的梦。却像是被人拿着剪刀剪断似的戛然而止。他睁开眼的时候，发现巫凤凰正坐在另一张床上看电视。只有画面，没有声音，如同套了彩色的默片。

　　她感觉到他在看她，转头冲他笑了笑："你夜里没关门。"

　　"还以为你真扮小偷呢，"他突然想起自己没穿衣服，就拉一下毛巾被，遮住露在外面的身体，"偷到什么好东西了？"

　　这句话居然让她神色尴尬。她垂下眼帘，微笑说："机票已经拿到了。"

　　他们真正要去的是另一座南方城市，虽然距离不算太远，为了省时间，却是坐飞机过去。巫凤凰说，半夜开房时，她让前台代订了机票，下午就可以飞了。

"什么都是你在操办，我不过是一个活动的行李，"张阿毛说，"真不好意思。"他懒洋洋地靠在床头，信手摆弄放在床头柜上的电视遥控器。

"你出门的经验没有我多，这也不奇怪，以后再一起出去玩，我就什么都不管了。"巫凤凰已经削好了一个苹果，笑着递给他，却又临时收回去，"你还没刷牙。快起来，该吃中午饭了。"

"我就这样吃。"他伸手抢过来，"本来要去刷牙的，看见你削的苹果，也顾不得了。"

"你们男生总这样不爱干净，不洗脸不洗手，就吃东西。"她无可奈何一笑，"以后我可不许你这样……"但是她突然住口了。

"以后？以后是什么时候？"他一边咬着苹果，一边刨根问底。

"不知道！"她避开他的目光，把脸转到一边，"不和你说了。"

"别呀……"他开心地说，"我还想和你说话呢。"

"那你正经一点！"她又朝向他，微笑说，"这次出来玩，大家高兴一点。你不要惹我生气。"

"我可不敢，"他赶紧说，"莫非你不高兴了？"

"我……还好吧。"她说，"你呢，你欢喜吗？"

"我，怎么说呢，"他笑着，一种感觉脱口而出，"和你一起跑出来玩，快乐如同私奔……哎哟！"

她急忙一巴掌拍在他身上，把他后半句话也拍掉，跟着站起来，含笑说："我饿了，想吃午饭。再不起床我就不等你了。"说毕，她已带上门出去。

"我心里，欢喜得很呢。"他掀开毛巾被，冲着半掩的门说。

12. 空白是那样耐人寻味

它就停靠在外面的空旷场地上，看起来是庄严的（一些穿制服的人在里面走来走去，引导方向的人也许还会带着手套和头盔）、滑稽的（这么大的铁家伙，居然会像鸟儿一样轻盈地飞翔，在飞禽眼里，它会显得很笨拙吗）、骄傲的（雪白的躯体在有些阴沉的天色里兀自闪着冷光，上面写着两个字母——CA，还有一只红色的凤凰）、随和的（片刻之后，它将接纳很多年貌各异、身着五颜六色服饰的人，包括那些人变化多端的心情）。

这是张阿毛第一次如此近距离地观察一架飞机。他正待在候机室的椅子上，隔着透明的玻璃窗户，认真地打量他即将在里面度过一个多小时的这件容器。

换登机牌、托运行李、买机场建设费、安检……全都是巫凤凰领着他，从一个窗口到另一个窗口，排完一个队再排另一个队。整个过程有些漫长，她却没有一点焦急或不耐烦的神情；一直和他开心地聊天。和他一起坐在候机室的半个小时里，她也不曾露出倦容。

一排六个座位，ABC 在左，DEF 在右，中间是一条狭窄的通道。只有 E 座和 F 座上有人。他们是最先登机的一批乘客，安顿下来时，还有不少人陆续往机舱里走。张阿毛坐在中间的 E 座上，巫凤凰坐在靠窗的 F 座上，那是换登机牌时她特意要的。

挨在一起的 D 座暂时还没有人来，他好奇地看着那个空座位，不知道即将在他们旁边待上一个小时的陌生人会是什么样子。那人多大年纪，穿什么衣服，长什么模样？他暗自猜测，发现空白是一个很暖昧的东西，它代表无限的可能性。关于陌生人的谜底只能等待即将到来的空中邻居本人现身，然后揭穿。

她注意到他打量那个座位的目光，随口问了一句："你看什么？"

他说："我在想，第一次坐飞机，右边是一个极其熟悉的人，左边是一个极其陌生的人。熟悉的人我已经看到了，陌生人却还没有出现。"

"不用想了，必然是个美女，"她笑着说，"然后你可以尝试跟她搭话。"

"我旁边已经有了一名美女，再来一名无盐、嫫母或者加西莫多才能达到平衡，"他笑道，"否则会招天妒。"

"什么怪念头。"她说，"这时候还没来，很可能表示那张票没卖出去。我听说了，除了逢年过节，这个航班经常坐不满人。"

她猜对了。直到空中小姐提醒大家系好安全带时，D座仍然没人。巫凤凰说，"你不想换到里面来吗？"

"为什么？"他问，"你刚才专门要的那个位置，现在又不想坐了。"

"我怕妨碍你放行李，才顺便坐进来的，"她说，"换登机牌时，我想你可能会乐意坐在窗户旁边，因为……"

"因为这是我第一次坐飞机，"他笑着起身，"也因为跟你一起出来，我可以不动脑子，什么都不用操心。"

"也许吧，我知道你是被宠大的，生怕这次出来让你受委屈。"她也笑了，"不过第一次是我照顾你，以后就没有这好事了。"

他们刚换好座位，系好带子，飞机就抖了一下。他目光投向窗外，看见景物开始移动。

机身一旦滑行起来，再越过几道斑马线，就越跑越快，直冲到跑道尽头，随即拐了个弯，两旁的跑道和空地潮水一样后退。飞机像是一只身体僵直的鸵鸟，奔跑过程中，除了腿部，别的地方纹丝不动。

这个城市在雨季经常没有阳光，大白天也阴暗如同薄暮。能看见跑道上一串火花闪过去，然后又是一串。

"摩擦系数很大。"张阿毛想。然后他发现地面开始倾斜，沿着逆时针方向变换角度。那些建筑和旷野变得浑然一体，隐隐有烟雾缭绕的感觉。想来鸵鸟已经变成飞鸟。

"我们升天了。"他对巫凤凰说。

"别胡说。"她笑着回答。

地面又恢复到水平，然而距离已很遥远，一切变成远景。似乎大地原本并不真实，只有飞行才真正可信。居住了二十年的土地，很多时候让人腻烦的，从万米高空看下去，却是美丽虚幻，有如海市蜃楼。或许仙人之所以想要下凡，也是受了距离的蒙蔽。

如果真的存在天上地下两群人，一些想升天，另一些想下凡，最后恐怕都会觉得上当受骗。这个想法让他很开心，他就对她说了。她也笑起来，"你真会胡思乱想，我坐那么多次飞机，就从来不想这些。"

她的笑容有些发灰，像是受到天气影响。但他知道那是疲倦所致。一直都是她在考虑各种细节，他却在一旁坐享其成。而且他睡得也比她多。

"你累了，睡一会儿吧。"他对巫凤凰说。

这句话提醒了她，她条件反射地打了个呵欠。"我确实有些累。"她抱歉地笑笑，"不和你说话了，你自己玩吧。"后半截句子里带着戏谑的口吻。

他脑海中闪过一个镜头，低声笑道："出租肩膀。"

"讨厌！你什么时候变得这样财迷心窍了。"她失声笑出来，"我把座椅调低，一样可以睡得很舒服。"

"别……"他赶紧说，"我倒贴钱还不行呀……"

她白了他一眼，却靠过来，把头埋在他肩头。

他想起小时候和猫咪亲热依偎的经历。家里养过的猫总喜欢钻进他的被窝，趴在他胸口或肩头，轻柔地打呼噜。其中一只特别顽皮的甚至会伸出爪子搂他的脖子。然而它们要不是吃了被毒死的老鼠，就是被什么人毒打，最后都挣扎着回主人家来咽气，看得他一次比一次伤心。后来他说什么也不敢养猫了。他的肩膀从此失业，空闲冰冷，一过十多年。

巫凤凰没有打呼噜，她的呼吸很均匀。不知道她睡着了，还是仅仅闭目养神。飞机进了一片云海，居然是阳光灿烂。他看一阵窗外的景色，又看看她，目光所到之处，均觉美不胜收。

空姐送来点心，张阿毛放下小桌子。很小的动静，巫凤凰却似乎被惊醒了。她在他肩头侧过脸来，理了一下头发，有些腼腆地看着他，睫毛开合如扇。

"我帮你要的饮料是柳橙汁，"他低头凑近她，轻声说，"你喜不喜欢喝？"

"好啊。你要了什么？"她的声音里带着慵懒。

"苹果汁。"他笑着说，"现在吃不到苹果，就喝果汁。"

"一到了住的地方我就给你削。"她微笑说，"过了多久了？"

"快四十分钟了，"他看了看时间，"正好一半。"

"我们可能正从雪山飞过，"她的目光在他脸上盘桓，"你看见了没有？我这里只看得见云。"

他也想起来，途中应该是经过几座雪山的。但是窗外依旧白云弥漫，看不清底下什么样子。他们置身茫茫云海中，不像是在飞行，倒像是在航行。

他摇摇头，抓起她的手，轻轻握住。她的手指柔滑细腻，色泽如玉，轻软如云，在他掌心流动如同秋水。

"你刚才真温柔，"她的声音如同耳语，"像云一样……"

他捏了捏她的手，重复道："像云一样……"

13. 8月4日及其之后的两星期

对张阿毛来说，8月4日将永远是一个特殊的日子。当然他不会对任何别的人进行解释。只有一次他无意中说漏了嘴，于是信口告诉追问的人：因为8除以4等于2，被除数、除数和商构成一个等比数列，很好记。他和巫凤凰正是在那一天从省城出发，当天下午到达一座他们一直想去的陌生城市。

他们在那个暑假的旅行，实际上应该从8月4日算起。两人花了五个白天各处观光，然而可观者甚少。走了两三个地方，通常是古迹一处，门票十元，进去则见雕塑几尊，楹联几副，垃圾满地。后来他们再去那些馆阁祠庙，就不瞻仰遗像遗墨，改去亲近植物，孰料庭院中那些花草树木更乏新意，不过是肥绿瘦红、粗枝大叶，一眼扫过去多为寻常品种，难得见到一株瑶草奇花。再看山水，则处处充斥穿凿痕迹，人力压倒天工，算是提供给"人定胜天"这一金口玉言的最好范本。

全部重要景点若要仔细看完，据说至少需要十天，但是从一开头失望之后，他们就越来越懒得花心思琢磨，只数着名称，把那些略有声誉的地方完成任务一样毫无遗漏地走了一遍，虽则堪称一网打尽，却没几处留下深刻印象。

他们决定第六天好好休息一天，睡一个懒觉，然后出去吃一顿像样的饭，如果运气好的话，还可以看一场电影。

此前几天确实太累，那一次懒觉睡得很漫长。张阿毛头天晚上不到十一点入睡，直到中午才醒过来，仍然不想再起床。巫凤凰买给他的零食就放在床头柜上，他边看电视边吃了一点，又开始睡午觉。她也破天荒没过来敲门，想是也在梦乡。

下午不知道什么时候，她从隔壁打电话过来，建议他起床，说是睡得也差不多了。但是他说要等她来敲门时他才肯起来。等他又迷糊一阵之后，再把电话打过去，她却又睡着了。这样来回打电话，到第三遍之后，他终于在昏沉中听到敲门声，赶紧穿好衣服开门，看见她站在门口，服饰鲜明，容光焕发。

"我们先出去吃饭，再看有什么电影，好不好？"她微笑说。

"这样最好。"他点头赞同，随即刷牙洗脸，片刻之间收拾停当。

离通常吃晚饭的钟点还早，但两人均饿得前胸贴后背，就坐着人力车到小吃一条街，一路挑那些从没听说过的东西尝鲜，本来只说是点饥，吃到后来却发现晚饭已成多余。

看电影的念头被打消了。到处张贴的海报都在宣传一个刚到的片子，说是皮克斯的动画片，叫做《玩具总动员》，正在新鲜热映，所有影院一天数场都是它。张阿毛不大喜欢看动画片，巫凤凰也毫无兴致，就决定逛街回去。

他们赶上了那座城市一年中最宜人的季节，立秋没两天，最热的日子已经过去，最是逛街的好时候。时间已是黄昏，阳光不再灼热，路上行人衣衫单薄，向晚的凉风开始吹拂，满街裙袂飘扬。

从小吃街到住处，坐人力车大约半个小时，他跟着她逛过去，却用了将近三个小时。一路上经过三家规模大一点的商场，大大小小的衣服专卖店约有二十间，巫凤凰都进去转了一遍。可是等他们回到住处时，她自己什么也没买，他却抱着一大堆东西回房间。

离睡觉的时间还早，巫凤凰就到张阿毛的房间里，一起看电视。看到中途的时候，她突然说："今天脚好疼。"

"你那几天走了那么多路，也没说脚疼啊。"他有些奇怪。

"那几天都穿运动鞋。"她说。

"我忘了，你今天穿高跟鞋，我穿的是拖鞋。"他又笑又觉得奇怪，"可是你怎么会穿这种鞋子逛街？走在马路上难受死了，分明是找罪受。"

"你看见有几个女生穿着拖鞋逛街？"她也笑，随即又说，"估计你就是看的话，也只看别的地方，顾不上鞋……"话没说完，她自己又笑起来。

"我才不看呢，"他否认道，"满大街都是什么人哪，没一个有你好看的。"

"你要是没看，又怎么知道？"她说，"自相矛盾。"

"凭直觉判断嘛，"他说，"人又不是商品，莫非一定要仔细观察过了才能下结论。"

"你以前逛街多不多？"她又问。

"恐怕没几个男的有逛街的习惯。"他说。

"那你今天表现很好，很值得奖励。一会儿我削个苹果给你吃。"她说，"这里的商店都还不错，明天我们还是接着逛好不好？那几条商业街还没去过呢。"

"我是不怕，你不怕脚疼了？"他笑道，"今天这段路其实很近。只怕它这里的商业街不会短，说起来也是一个省会城市。"

"明天我的脚就习惯了。"她笑着说，"你要是有兴趣，以后几天我们就天天去逛吧，实在走不动了，就打车回来。我在学校的时候，周末都这样。"

"只要你喜欢。"他当即回答。

接下来的一个星期，他们逛街果然很勤。除了下雨，他们都要去外面走动。有时候全天都在路上，在商店与商店之间穿梭；有时候，在出去吃饭的空隙，顺便也会到最近的商店里看一看。张阿毛因此从对逛街毫无心得变成个中老手，并且总能坚持到最后一刻，别人都受不了的时候他还兴趣盎然。

14. 小轩窗，正梳妆

巫凤凰梳头的时候，我躺在床上和她说话。

她的头发如同一丛长势良好的龙须草，从头顶随意披挂下来，却不见散乱。柔软、光滑的龙须草。

在大街上行走，可以邂逅各种各样的头发。摩丝、发油、亮发水、假发套，在很大程度上挤对着天然的头发。但是如果留心细看，还是可以发现很少一些人，他们的头发未经过修剪和梳理，质地还是原生状态。

天然生长的头发种类丰富，犹如植物。细软如同幼鸟身上绒毛的、颜色清淡的头发。油亮粗硬、血气旺盛、咄咄逼人的头发。略微发黄的、枯涩分叉的头发。漆黑中掺杂着银白的头发。光泽暗淡、灰白的头发。成熟的蒲公英一样的头发……

巫凤凰的头发看上去很克制。黝黑、微亮、顺滑。那是精心培育的龙须草。它们似乎已经懂得生长的节奏和分寸。

她坐在房间里的镜子旁，背影挡住了我的视线，我看不见镜中她的表情。

但是我能看清楚她的所有动作。她一只手握着发尾，另一只手捏着一柄牛角梳。她的胳膊扬起又降落，梳子在发丝里从上往下滑行，一次也没被卡住。它敏捷如鱼，轻灵如梭。也许当梳子接触到她的手指和头发，就活转来了。

她这样当着我的面梳头，起因是身上那条我们一起去买的秋香色真丝长裙。她刚穿上不久。

黄昏时分，我们第二次上街购物，虽然头天逛街逛到脚疼，她仍然兴致不减。把另一条街道上的店铺细细梳理一遍之后，在一家不起眼的服装店里，我们同时发现了那条裙子。它淡然隐藏在一长溜悬挂的衣裙中间，只露出很小一角。取下来看时，从面料到款式，都让人不忍释手。

"这条裙子就是为你做的，"我说，"买吧。"

她露出喜欢的表情。看得出来，她一样认出了这是属于她的东西。她摸了摸面料，又仔细查看领口、袖口、腰身、裙边等处的针脚，然后试穿。

她原本穿一条黑白格子的麻纱长裙，乍看上去还带着一点学生气；

换上新发现的裙子，感觉变化很大。

那裙子穿在巫凤凰身上，立刻有了神韵。它款式极度简洁，真丝面料坠感很好。巫凤凰行步之间，衣纹荡漾如波，她本人那种难以言说的气质也被含而不露地点化出来，优美一如《古诗十九首》里的句子。

我买下那条裙子，送给她。她很开心，就这样穿着新买的裙子一起回到住处。

不过她没有因此就在镜前左右顾盼。进了房间，随便往床上一坐，丝毫没有穿上新衣服之后小心翼翼的样子。

我说："你就不想再拾掇一下，来点锦上添花之类？"

她微笑说："这样挺好，还要怎么拾掇？"

"你可以把头发盘起来，"我说，"无须珠翠，看上去也像古诗里的人了。"

"是吗？"她这才走到镜子跟前，略微看了看，笑道："或许我应该考虑你的建议。"

"别'或许'，左右没事，现在就可以尝试，"我极力煽动她，"说不定换个时间就没这心情了呢。"

然后她就端坐在镜前，梳理头发。

牛角梳子从她头发里无声滑过，没有增加什么，也没有减少什么。我却在幻觉中看见光阴荏苒，时间流逝，无意中又想起苏轼回忆亡妻王弗的故事——死去十年之后，她回到他的梦中，梳头给他看。

"小轩窗，正梳妆……"东坡在词中忧伤地写道。

我希望巫凤凰梳头的动作暂时不要停下来。在我们都还活着，都还很年轻的时候。

但她却停下来，回头看我，含笑说："喂！你不打算帮我吗？"

"帮你？可是我……没给别人梳过头，"我说，"你这样很好，继续梳就是了。"

"我总不能一直梳下去，对不对？"她说，"是你说让我盘头的。"

"对呀，那你现在就盘吧，"我说，"我看着呢。"

"都要靠别人帮忙，哪见过自己盘的。"她笑着说，"你一脸聪明相，人却这么笨！"

她的头发流淌在肩头，我不知道握在手里会是什么感觉。

"哈……男女授受不亲，这样影响不好吧……"我一边和她开玩笑，一边对着灯光看自己的手。它们瘦削、苍白、年轻。

"你少来装斯文，"她笑着说，"你忘了吗，'闺房之乐，有甚于画眉者'……"

她突然住口，脸上一阵飞红。我本来想逗她说说"甚于画眉"的内容都有哪些，看她窘成那样，也不好再纠缠下去。

过了片刻，我看她神色自然了些，才说："我倒是也姓张……"

她立刻打断我，"不许再说了！不然我生气了……"

"别！咱们现在就盘……"我赶紧跳下床，站到她身后，一只手拢住她的头发，另一只手接过梳子。

"我给你再梳几下。假装我是你的保姆，正在给你梳妆打扮……"我把牛角的梳齿轻轻压进她的头发，随口说。

说话的时候，我朝前面的镜子看了一眼。她也正在镜中看我。目光被玻璃折射之后相遇，忽然就粘合在一起了。

过了一阵，我才想起忘了给她梳头。正要往下梳，她轻轻按住我的手，目光再次往上看过来。我不再动弹，只是看她。

镜子变得很远，我忘记自己置身何处，只看见镜中两个真实的人。

她脸上有一点红晕，眼里蕴涵笑意，嘴角微微上翘，羞涩难掩，夺人秀色。他含笑看着她，脸颊微红，眉宇中带一点书卷气，双眸神采飞扬。两张非常年轻的脸，一样欢喜无限的神情……这样的情景，竟似已持续了很多年。

我放下梳子。她回转身体。我捧住她的脸颊。她搂住我的脖子。我们都闭上了眼睛。

嘴唇在黑暗中寻找嘴唇。当它们终于碰到一起，我有些发抖，并且清晰地感觉到，从我紧闭的双眼里，溜出了一滴眼泪。

让那些乱七八糟的罗曼史或者艳情小说都见鬼去吧。真正的接吻，初恋情人之间的吻，绝对不是它们说的那样蹩脚、无味和缺乏想象力。吻是什么，吻是两张嘴的亲密接触，它是造型艺术，也是行为艺术。它不光有速度、力度和温度，还有维度、向度和态度。我这样吻我的爱人，口对口，做个"吕"字，黄钟大吕的声响哪有双唇初次接触更令人震撼。我这样吻我的爱人，口对口，做个"回"字，我要认真品尝她双唇的味道，她的饱满的、柔软的、温热的、娇嫩的嘴唇。我这样吻我的爱人，口对口，做个"串"字，我要让舌头在她的口腔里旅行，也要和她的舌头彼此缠绵，不管这是法国式、英国式抑或西班牙式。

那些没有接过吻的人你们听好了，亲吻可能比你们想象的简单却又要复杂好多倍。吻是一个外向的词，嘴唇总是指向你爱的人的嘴唇，绝对不可能向内。记住它的方向是向外。吻也是一个内向的词，你在什么都没有的时候去施与最后却发现崭新的感觉停留在自己嘴唇上。其实吻始终是双向的，只在爱人之间适用，其他一切类似行为不过是伪善的礼节。

我要小口小口地品尝我的爱人，也要狼吞虎咽、风卷残云一样吻她。每吻一次的表面积都要有所区别，每吻一次的深浅都绝不雷同。我要蜻蜓点水一样吻她，要像用抹布擦桌子一样吻她，或者热烈地、清淡地、甜蜜地、甚至假装冷漠地吻她。事实上我已经无法控制我的嘴唇。它们时冷时热，一会儿颤抖一会儿镇定，但是它们始终在寻找她的嘴唇，谁也不能把我们的嘴唇分开。它们就是为对方而生，为了结合而生，否则要嘴唇干什么。我们的吻甜蜜、忧伤、性感、寂寞。全世界只有我们在接吻，欢迎所有的人来参观，或者窥视，但绝对不许出声打扰。我正在温柔地吻她，我的温柔润湿了她的双唇。我正在粗野地吻她，她的柔嫩的嘴唇因为不堪踩蹦而肿胀，看上去会更加饱满。我也在如饥似渴地、心花怒放地吻她，舌头上的每一朵味蕾有生以来第一次为另一条舌头绽开，它们热情洋溢、毫无保留。我因此尝到了吻的最终滋味。它包含酸甜苦辣，刺激人的四肢百脉，让我既想哭又想笑，最终哭笑不得。我的嗓子发哽声带嘶哑浑身发冷发热如同伤寒打摆子。她的嘴唇既是天堂也是地狱，让我沉迷于目前的欢会又痛恨从前的寂寞。她的吻让我脉搏加快、心律失调、神经紊乱、精神崩溃。但是我仍然要继续对她的吻。我要像强奸犯吻圣女贞德一样吻她，像国王吻王后一样吻她，像山贼吻压寨夫人一样吻她，像奴隶吻女主人一样吻她，也像老虎吻蔷薇一样吻她。吻是一个魔术师，它唤醒沉睡多年的嘴唇，让它们无师自通地变得诡异灵敏。吻是一个神秘莫测、性格复杂、值得所有语法学家警惕的词汇，它既是名词也是动词，既是副词也是介词，然而超越一切之上的是，它最核心的特点，应该是一个连词。因为它把相爱的嘴唇紧紧地连接在一起，让他和她既主动又被动地接吻……

15. 你是一面温柔的盾牌

盘头的计划最终没有实现。我们放开对方的时候，我已经心荡神驰、筋疲力尽，甚至还有点气喘吁吁。我想她一定也很累了。

巫凤凰慌乱地朝镜子里看了一眼，说声："不早了，我要睡觉，你也赶快休息。"然后就匆匆回到她自己的房间。她的脚步有些虚浮。

我也看了看镜中的自己。脸颊通红，额角微微出汗，眼尾残留着一点泪痕；嘴唇鲜红潮湿，有一两处带着牙印和血迹。

二十岁男子的初吻，漫长、摇曳，同时掺杂了温柔和暴力。但是，脸上整个的神气乍看上去仍是平和，似乎不过是参加了类似于长跑的、不带丝毫感情色彩的体力活动。这样的神态和先前那一滴突如其来的眼泪形成强烈反差。

我有些不相信地再次打量镜子里的人。但是我看不透他那天生的宁静表情后面掩藏着多少未知的东西。那张并不陌生的脸在我眼里显得深不可测，我第一次对自己以及自己心里潜藏的激情产生了恐惧。

那是瞬间的情感。接下来我睡得很香，一级睡眠，直到第二天起床也不曾做梦。

我再次忘了锁门。巫凤凰对着我的耳朵大喊我才醒过来。

我睁眼的时候，看见她蹲在床边，脸上带着顽皮笑容。

我探头靠近她，她笑着躲避。我失望地躺回去，她却俯身过来。我的脑袋一动不动安放在枕头上，眼看着两个人的鼻尖越来越近。她的眼睛里全是笑。

那天上午没有出太阳，是我们到那座城里首次遇到阴天。我们照样逛街。还有几条商业街没被我们亲自去开发，我们任重道远。

在一家商场里，我们经过化妆品柜台。我看见一个动人的名字，停下来看了看。导购小姐立刻迎上来介绍。

巫凤凰站在旁边静静地听。我问她是否喜欢那些东西，她说："我还没用过化妆品，现在也不需要。三十岁以后再考虑吧。"

那小姐脸上带笑，目光却在她脸上仔细刮了几个来回——似乎想要切剥下一点碎片验看成色——最后露出服气和艳羡神色，"像小姐您这样的，除了护肤品，确实没必要买别的了。"

但我确实想送一套化妆品给她。应该说导购小姐间接的恭维也让我有些得意，似乎被赞赏的是我本人。我甚至对那导购小姐也充满了好感。

"我看我还是送你一套吧，就算到这个城市的纪念。"我对巫凤凰说。

"那好吧，"她笑着说，"我可以先收下来，放到三十岁再用。"

我们说好逛一整天。可是正在吃午饭的时候，外面开始下雨。

我们站在餐馆门口等了半天，才截住一辆出租车。那座城市的排水系统很好，尽管暴雨倾盆，除了路面潮湿，街道并不积水，坐在车里感觉很清爽。不像北方一些城市，一下大雨就水漫金山，马路变成河流，车辆必须击水前进。

那个下午雨声一直稀里哗啦不停，我们就待在房间里聊天。那些日子我们始终在聊天。看风景时聊天，逛街时聊天，似乎总也没有把话说完的时候。后来她想起我还带了几本书说是要偷空看看，就坐到地上看电视，让我看书。

但我们并非互不理睬。她看到精彩的镜头，就叫我看。她又要求我看到有意思的段落就念给她听。这样一来，就好像两个人都既看了电视又读了书似的。

我给巫凤凰念了好几段有趣的文字，她也几次让我看电视。其实她不叫我的时候，我也时不时抬眼看她，顺带瞟一眼电视机屏幕。

后来我看到一名女子化妆的镜头。那大概是一个关于维多利亚时代爱情故事的电影，女主角穿着累赘的裙子，对着镜子不厌其烦地摆弄自己的面部。她的动作很滑稽。我本想看到那女子化妆的全过程，巫凤凰按了一下遥控器，换到另一个频道。

"你不想学习一点经验吗？"我说。

她笑着说："不想。"

"你不会真的对化妆很反感吧。"我说。

"谈不上，只是现在没必要，到时候再说。"她说。

"我听说女生在这方面都很有经验，干脆你就表演一下让我观摩，好不好？"

"不好。"她立刻回答。

"我要是再三请求呢？"我来了兴趣，试图说服她，"你不至于忍心让我总这么失望吧。我好不容易求你一次……"

"原来你刚才一直在打这种主意，"她扭过头，笑着瞪我一眼，"我就说你怎么会无缘无故买化妆品给我呢。"

"这是现在的念头，刚才我可没想这么多。"我说。

"你就是有预谋。"她说。

"你看看你，既不答应我，又把我说得那样心理阴暗，我都不知道该说什么了。"我叹口气，颓然靠回床头，把书页翻得哗哗响。

"好了，你也别假装委屈，我就化妆一次让你看吧。"她忽然又笑了。

那一套刚买的化妆品被取出来，巫凤凰先洗过脸，再对着镜子，象征性地在脸上用了些脂粉，少到几乎没有。聊胜于无吧，她说。她的手法非常精细，动作很到位，但是化妆让她的面貌打了一个折扣。那些东西遮蔽了她天生的容颜，反倒添了一段风尘。我知道自己在相当长的一段时间内，不会愿意看到她化妆。什么样的脂粉，也不配鱼目混珠地遮挡住那原生的肌肤和眉眼。

她看着镜子里的自己，皱了皱眉，笑着抱怨，"我这样糟蹋脸面不说，又累半天，就为了让你看西洋景。"

我说："可是我帮不上忙呀。"

"如果你愿意帮，总是能帮上的，"她说，"你不能只做观众吧。"

为了完成这次表演，她还准备描眉和涂唇。

"好吧，"我说，"我也干点体力活，帮你画眉和点口红。"

我们面对面坐到地板上，我一手揽着她的脖子，一手握着眉笔，近距离地仔细观察她的双眉。它们是很自然的弧型，由浓到淡地向两鬓扫过去。可是我觉得这双眉跟"柳叶、春山、新月"之类的词毫不相干。眉毛就是眉毛，好看或者不好看而已，跟那些东西有什么关系呢。

我只觉得她的眉毛看上去很美妙。

"顺着它们的走势画，动作要轻快一点。"她见我不动，就出声指点。

"那我画了啊。"我按照她说的，开始描眉。提笔之前，先吻了它们各一下。

"假公济私，你！"她笑了一下，评论说。

我不答话，继续我的工作。它确实是体力活，让我胳膊发酸。

"你要不要先看看效果？"画完眉，我停下来问她。

"完了一起看，我想也好不到哪里去。"她把口红放到我手里。

她的嘴唇是柔软的玫瑰花瓣，已经不需要增添别的颜色了。只怕无论再涂抹什么，看起来也不会更美妙。我轻轻拨了一下她的下唇，它立刻跳回去，发出啵的一响，宛如弹拨乐器。她笑着给了我一巴掌。

我有些犹豫地看着她的嘴唇，不想用口红污染它们。但我仍然在自己的两片嘴唇上精心地上了一层口红，而且抹得很用力。

巫凤凰见我把口红抹在自己唇上，惊讶复大笑。但是这口红又转移到她的嘴唇上了。"没见过这么给人抹口红的。"她挣扎着嘟囔。

我说，因为是在高温状态下经过长时间热敷上去的，可以算作上釉。

她对着镜子端详化妆后的自己，我也在一旁认真打量。一双黑得夸张的粗长眉毛蜿蜒漫过镜中人的额头，如同两条挣扎的蜈蚣。她脸上到处是口红，唇印数目几乎比那些在不同机构之间旅行的文件上盖的公章还要多。

巫凤凰笑了一阵，对我说："你这么糟践我！不行，我也要给你上釉！"

我说除了鼻子哪里都可以，但她说除了鼻子别的地方她都不感兴趣。然后她就在自己双唇上粉刷墙壁或者抹洗衣皂一样擦了厚厚一层口红，向我凑过来。我拨开她的手，躲到一边。可我刚从地毯上站起来，就被她一把推倒在床上。

她一旦行动起来，节奏很快。我被从床中间追到床头，只是转眼的事。她的双唇红光四射，浓艳逼人。我的鼻子在越来越近的灼热中焦虑不安。情急之下，我抓起枕头旁边的书挡在脸上。

那是一面温柔的盾牌，却没有绝热效果。隔着上百页纸，我也感受到了高温的袭击，很奇怪那本书竟然没有燃烧起来。

那个美丽的釉彩，从此鲜亮地停留在美丽的书页上。

巫凤凰停下来，看了一眼书上的唇印，顺手把它扔到一边。带着红色涂料的嘴唇离我越来越近。"你放过我，我做什么都行！"我大叫说。她只是暂停，却丝毫没有赦免的意思。我说你不要欺人太甚，再逼我我就下毒手了。她笑得浑身颤抖，仍然飞快地爬过来。

我无奈地闭上眼睛，双手胡乱撑拒。当她的双唇噙住我的鼻梁，我感到两只手掌中突然各多了一样东西。那是高中上解析几何课时令我走神的球体。

她的身体瞬间僵硬，随即轰然倒塌，如同融化的巧克力，灼热地流动。我的双手也跟着融化，身体却变成破土的春笋，节节高升。

那么，是谁把我们联系在一起？然而她不需要别人提供答案，因为这是一个非常简单的问题。她点了一下它说，当然就是它，但它不是你一个人的。它是一条会变魔术的鱼，天生就会巧妙地游泳。它早就在睡梦里屡经演习，期待什么时候可以初试本领，可是她让它震惊。一见到她无瑕的身体完美地展现，它激动得几乎脱力，差点儿就号啕大哭，忍了半天也还是掉了两滴眼泪。然而它是一条年轻的健康的鱼，充满活力，千变万化。它非常温柔，也非常顽皮，喜欢恶作剧，让我们忍不住高声喊叫。鱼摇晃着身子，不安分地不规律地游动。它冲破水面，排击着前进，又被水波缠绵地拥吻和按摩。谁也不知道它会游到什么地方，游到何时为止，更不清楚它接下来会干什么。有时候鱼就在水里整天整夜地待着，它似乎不打算离开，或者已经在水底熟睡。两个人在天上飞，梦见鱼在水里游。或者是鱼正在游泳的时候，梦见两个人在天上飞。两个年轻的身体白天黑夜都合而为一，一起苏醒或进入梦乡。一加一等于一，公认的法则已经被打破，时间应该死去，世界应该永生。

16. 两个年轻身体里的情色地图

那是一段几乎可以被认为糜烂的日子。我发现我们的旅行找到了另一层含义。两个年轻的身体，除了游山玩水，又在各自的生命中描绘了一幅情色地图。

谁能忘记那些发生在身体之间的旅行……最活跃的元素是手。眼睛在对方的眼睛里，手指头可以看见一切。手指头在衣服里旅行，它们可以独自走完衣服的迷宫。它们攻克各式各样纽扣的把守，瓦解顽固的挂钩，绕过腰带，游说拉链。在织物的天地里新奇地前进，有时候还小小地逗留一番。手还喜欢直接在身体上旅行。它对每一种地貌都充满好奇。手还有一些热情的同伴，它们同样偏好旅行，其中最著名的是舌头……不仅仅是旅行，还有书写。我们用身体在对方身上书写。体液是墨汁，器官是笔触，身体是纸张。吻痕、齿印和其他种种痕迹都显示同一个意思：到此一游。

巫凤凰对我的身体表现出惊人的好奇心。她尤其喜欢我的额头，说是对它暗恋已久。印堂发亮，天仓饱满，地阁方圆之类的话，她都很大方地拿来套用在我身上，虽然与事实相去甚远。但是她说过她喜欢我的额头。不知道后来她还想没想过我的额头。

那天她认真夸奖我的额头时，因为天气热，额头实际上还在出汗，又长了几粒疹子。为了答谢她的夸奖，我就卖力地把额头清洗了一遍，让她重新过目。她说她更喜欢了。"连不干净的时候都喜欢，干净的时候自然也会喜欢。"她说，然后就在我的额头上轻轻地吻了一下，就像举行了某种仪式。

温热的嘴唇在冰凉的额头上留下了难以磨灭的痕迹。我至今还能感到这个吻的分量。我相信额头已经记住了。所以后来别的任何人想要接近这片领域的时候，额头就提醒我说，它已经被人诅咒过了。这就是我从不让别的任何人吻我额头的原因。

巫凤凰诅咒我的额头就是因为她不光喜欢它，而且认为它也属于她。"除了你们家的人和我自己，"她说，"任何吻它的陌生嘴唇，都会马上被虫蛀空；任何敢于抚摩它的手，都会立刻变成白骨。"

我问她为什么对一个额头这样眷恋，她说这额头除了本身可爱，还无私地为经常凝视她的一双眼睛提供了场所，她可以从里面照见自己；还养了两条眉毛可以大大方方地让她没事就一根一根拔着消遣时间。所以巫凤凰总结说这片额头是她的私家花园，它附带的所有泉水和草地都是她一个人的。

有时候我想，为什么她当时不把别的所有地方——只要她愿意，我都不会反对——也都诅咒一遍呢？为什么没有？是当时忘记了吗？还是她不够贪心？如果她当时将整个身体一起诅咒，我也许会永远保持当时的风貌，头发不会变白，眼角不会起皱纹，面色不会灰暗，目光不会失神。

但是她没有这样做。所以只有被诅咒的额头像那时候一样年轻。因为她诅咒完了之后顺带命令说：不许起皱纹，至少在 35 岁之前不要；起也没有用，我会用吻来熨直。

我的额头记忆力很好，所以在别的地方都逐渐改变的时候，它现在还没有皱纹。它是在遵守她的命令吗？也许，在被诅咒的同时，额头已经背叛我了。

我们都不大喜欢照相，只在那一次异地旅行结束时留了一张合影。从照片上看起来，那个年轻男人的额头果然神采奕奕，而且印堂发亮。

17. 我就是那泼出去的水

他们不得不痛苦地分开。

离开学已经没有多少日子，彼此都还有一些事情等在手边。张阿毛陪巫凤凰到了她的学校，只停留一天，又坐上火车。一个人的旅行让他黯然体会到：如胶似漆会导致撕裂的痛楚。

有了身体接触之后，思念变得更复杂和强烈，不是此前那样若隐若现的了。无论在什么场合，见到一个窈窕的身影，张阿毛都容易想起她。暑假里发生的事情，都被梦境借用，反复在黑夜里出现。他梦见她的次数越来越多。

但是他更要面对现实。从大学四年级一开始，系里和宿舍里就开始蔓延着毕业的味道。一些同学一二年级暑假就开始寻找实习机会，到大三暑假，多数同学都忙着有针对性地找实习单位了。张阿毛到大学四年级才改变主意，临时决定本科毕业就上班，到这时候开始着急了。他只在不同的地方打过短工，不曾有连续工作的经验。到找工作的时候，他有些不知所措；手里准备好厚厚的简历，却不知道该投递给谁。

十一月初，学校里开始举行各种招聘专场。部委和著名企业轮番上阵，学校的宣传栏上贴满海报。他听了很多场报告和演讲，结果越听越糊涂。

系里就毕业分配问题，召集大四学生开了好几次会，杂七杂八说了不少事情，有针对性的指导却没有。他只发现，想要他的机构他都不想去，他想去的机构又都不要他。心情像天气一样日渐寒冷，也和灰暗的天空一样沮丧。但是他除了奔走没有别的办法。父母帮不了他，亲戚帮不了他，他必须依靠自己。

学校里和他情况差不多的同学为数不少，每次去毕业生分配办公室咨询时，都碰到大量的人，要等半天才能插上嘴。有一次他看见一名同学为什么事情和那办公室的一个人争吵，听意思是为对方态度恶劣，那同学忍无可忍，所以发火。

张阿毛只赶上了争吵的尾声，没有听见太多内容，印象深刻的只有一句话："嫁出去的女儿泼出去的水，泼到哪里算哪里。要泼到阴沟里，你也该认命！"这话让他呆了一呆，同时发现站在一旁的几名同学也脸色大变。他忘记想要问的内容，骑着哐啷直响的破自行车，在学校里转了一圈，然后回宿舍。

"也许毕业就是学校的泼水节，年年都要泼。"晚上睡觉的时候，张阿毛抱着被子想，"我还是自己把自己泼掉吧。"

大学四年级上学期，她给他的信越来越长，内容越来越丰富，也让他越来越惭愧。因为他自己的回信恰恰相反。

不光上课，还要四处奔波，人和日子一样黯淡憔悴。他心里整天盘算着工作问题，除了应付功课，所有的时间都在查阅各种资料，再没有心情做别的事情。写信的时间也被压缩到很少，每次收到巫凤凰的信，也只简短回复几句，匆匆投递出去，有时候都不记得自己到底写过什么内容。

巫凤凰只在暑假期间提过一次毕业工作的事。她说，她们学校在当地独树一帜，毕业生就业压力很小，通常都在春节之后才开始联系各种单位；实在没办法，她们家还会出面解决。他从她写的信就可以看出她过得比较悠闲。

那一年冬天，北京刮风似乎不如以前多，在户外活动并不十分辛苦。张阿毛在城里跑过的地方比他前几年加起来还要多。那时候他二十岁，很年轻，心里有些焦虑，但对未来抱着希望。他越来越瘦却精神不减，相信到毕业的时候自己一定会有个喜欢的去处。他一向信奉天道酬勤。

到寒假快结束的时候，他的工作仍然没有眉目，就决定春节留在北京继续找工作。在信里把这个消息告诉巫凤凰之后，他把一个学期以来收到的信都看了一遍，随即发现：她的来信渐渐稀疏了。

18. 在钟声里点燃最后一支烟

除了张阿毛自己，宿舍里其他人走得精光，只剩下一张张空床铺。

旁边几个宿舍里也有人没走，他跟他们都不熟，也就点点头，不怎么说话。偌大一个楼层里，只有几个人走动，此外偶尔露面的是清洁工，还有楼长。整幢宿舍楼变得很沉默。学校里也没什么人，白天偶尔可见人影，夜晚到处一片死寂。

寒假是北京一年最冷的时候，张阿毛晚上只待在宿舍里看书。上午也不出去，反正教室楼都关得差不多了，图书馆也只开放录像厅。下午天气暖和一点，他才背着包下楼。如果有面试约会就到外面去，没有的话只在校园里转几圈，活动一下。

他原本就是耐得住清静的人，如果不是为工作烦心，照样可以平和地看着书打发这几个星期。但是就业问题一天没有解决，他就始终安定不下来，经常看着书就开始走神，本来很有意思的内容也觉枯燥无味，然后又开始胡思乱想。

虽然牺牲了回家与父母团聚的时间，他的收获却并不大。一些机构见过他，感觉是不错，但多半只说要他去实习，接收与否要看实习效果。有一家他喜欢的机构对他特别感兴趣，可是实习期又格外长。系里宣传的毕业生分配政策他已经听得耳熟，说是如果三月中旬还没有与接收单位签定协议，要留在北京将会很困难。那时候已经逼近二月，春节就在眼前，实习只能是节后的事，仔细计算起来，他的时间屈指可数。

除夕一早，张阿毛在一片急如雨点的鞭炮声中醒来。他躺在床上，脑子里进行各种假设。他不在家了，爸爸会和哥哥一起放鞭炮吗？妈妈会不会一边做饭一边想他？像哥哥当兵那几年，在张家口兵营里过春节，就是爸爸和他一起放鞭炮，妈妈红着眼圈一个人在厨房里忙碌……后来他的念头转到巫凤凰身上。她曾经吹牛说也敢放鞭炮，不知道是不是真的？她放鞭炮时会不会想起他？

学校给不回家过春节的学生发了两张餐券，添上很少的饭票就可以在食堂里买到几个菜。中午食堂里人少一些，餐厅里稀稀拉拉坐了几十个，边吃边看电视。晚上情况好一些，可能是在外面玩的人都回来了，居然有些挤。晚饭后，张阿毛在楼下小卖部买了一盒烟，就回到宿舍。

他抽烟的历史并不长。暑假在县城的火车站等巫凤凰时，他平生第一次给自己买了一包烟，抽了半天，聊以打发时间。一包烟帮助他度过了漫长的半天等待。他发现香烟并不像传说的那样百无是处。

回到学校后，要是烦躁起来，或者在外面跑工作跑累了，他偶尔也会想起抽一两支烟，解乏兼解闷。不过他一直抽得很少，一包烟经常要两三个星期才能抽完。

那个除夕，他手里的烟没有停。嘴里吸着烟，手里翻着书，脑子里的各种念头也像屋子里的东西，隔着烟雾看起来，有些缥缈。他知道自己其实什么也没看进去，最后扔开书，随便就在一张床上躺下了。

日光灯白中透冷，路灯是昏黄的。不知道什么时候开始下雪了。他的眼镜扔在桌子上，仍能看出窗子外面是在下雪，可知这雪一定下得不小。年三十晚上下雪，他想，倒是不错。"北风那个吹——雪花那个飘——"他想起《白毛女》里的两句，随口哼了哼，觉得嘴巴发干，舌头发苦，嗓子有些疼，头也晕起来。也许是抽多了一点儿。

他喝了一大杯水，感觉好一点儿，又躺倒在床上，看看烟盒里还有几支烟，决定把它们都抽完算了。

时间是晚上 11 点半，张阿毛像完成任务一样，慢悠悠但接二连三地抽着最后几支烟。他的嘴唇轮流接触香烟的过滤嘴和水杯，前者让他发干，后者再进行滋润，自己都觉得是一个类似于酸碱中和的游戏。这个游戏的好处在于他在这个过程感到心里很轻松。

　　他正在点最后一支烟时，蓦地传来一声响："当——"他给吓了一跳，忙坐起来侧耳倾听。那声音其实并不凶恶，不像晴天霹雳或者冷不丁炸响的鞭炮，但是在静夜里听起来很是洪亮，且余音缭绕，像是从很远的距离传来的。

　　正在发愣的时候，耳边又传来一声："当——"

　　张阿毛想起北京有一个大钟寺，估计这就是那口钟作怪了。想是庙里僧人因为过年才敲的。他听着那钟声，一口口吸着烟，突然觉得这烟的味道和钟声一样醇和。从前他可不知道烟有什么味道，不过一些微粒随着空气在口鼻里来去而已，谈不上滋味如何。

　　在钟声里的发现让他明白香烟为什么带个"香"字，因为它们果然很香，而且让人觉得很舒服，就像一段精妙的文字，让享受者体会到一种无法表达却很实在的美感，甚至有些醺醺然的愉悦。

　　这钟声就像从我身体里发出来的，张阿毛躺在床上，轻飘飘地想。他觉得自己的身体和钟声一起，如同房间里的烟雾一样袅娜地游弋飘荡，既空灵又缠绵，欣欣然美不胜收。轻松和快乐占据了他的身体和大脑，那是他几个月来都没有再感受到的东西，他希望这种感觉从此不要离开。

　　但是钟声突然之间就停止了。最后一缕余音潮水一样退去，融化在寂静里。房间里的蒙蒙烟雾也逐渐散去，灯光下的桌椅床铺粗陋无比。那种轻盈优美的感觉也不知什么时候离去，陡然只剩下空虚和疲倦。

　　所有那些被强行排挤到一边的事情，争先恐后地钻进他的心里，让他的身体疲惫，头脑胀痛，心跳加速。一阵莫名的虚弱感觉突然席卷了他。他躺在那张床上，觉得自己就像是一条被孤零零晾在沙滩上的鱼，心里的悲哀多过记忆中的海水。

他不喜欢这种情绪，把它归因于室内空气憋闷，于是把窗子打开。风卷着雪花扑进房间里，果然清新了许多。张阿毛站在窗口，感觉到有不少雪花扑上头发、眉毛和脸颊，有一些甚至粘在嘴上。他舔了舔嘴唇。

冰冷的、湿润的、美丽的雪花。它们在他嘴里热情地融化，它们在窗子外的灯光里热烈地舞蹈，它们在炫耀一种热闹的快乐。

"啪！"张阿毛猛地关上窗户。不知道楼下的小卖部打烊没有，他决定再去买一包烟。

19. 三十的晚上大月亮，小贼起来偷水缸

"三十的晚上大月亮，小贼起来偷水缸……"走在带着雾气的寒夜里，我忽然想起很久以前听过的这首儿歌。这是我只有几岁的时候，在菩萨洞镇子上非常流行的歌子。有一阵，我和小伙伴特别喜欢唱它，没有道理地觉得格外开心。

这首儿歌说的全是与生活常识相反的话，聋人能听，盲人可视，小偷居然在会有满月的除夕夜里出动，只为了偷到水缸……反常现象的集合。我已经二十岁了，一个人在异乡过除夕，怎么会忽然就想起这首歌来了——是否这意味着我也很反常？可以作为例证的不少，比

如，我居然一个晚上抽完一包烟而且意犹未尽；比如，我这么懒的人，居然会在非常寒冷的晚上为买一包烟从一个小卖部走到另一个小卖部。

起码我是有一点沮丧的。走了长长一段路，看到的几乎全是在黑暗中关得很严实的窗子。其中一个窗子本来还亮着灯光，却在我就快要走到跟前时忽地灭了。

我不甘心地敲窗，里面传出一个含糊的声音："睡觉了，明天再说吧。"

但是我不想白白出来一趟，什么事不做就跑回宿舍。雪已经停了，我决定绕着学校走一圈。

经过长途电话亭的时候，我意外地发现那里还亮着灯。这时我疯狂地想打电话。

"春节快乐！"巫凤凰说，"早点睡觉，别熬夜。"

"你也是，问你爸妈好。"我说。

她嘻地笑了一声："他们很好呢。不过我要睡觉了。"

这个电话只维持了不到五句，短得让我不知所措。我立刻又拨了一个号码。

"阿毛？"蒲小明的声音表明他已经很困了。本来时间也不早了，若不是除夕，长话亭平时早就已经关门。

"你是准备睡觉吗？"我有些不好意思，"你爸妈也都睡了？"

"对呀……刚看完联欢晚会，说了几句话，他们就都休息了。没想到你会打电话来。"他倒是很坦白。

"给你拜年呀！你难道不乐意？"

"什么话……我是说，你以前在家过春节，也没想到给我打电话拜年呢。"

"你忘了，我们家哪有电话，想打都没处去。"

"也是。最近工作怎么样了？我还说呢，其实没必要为这事连春节都不回家过，你肯定不会有问题。"

"多下点工夫，保险些……"我说。但是我知道其实这些工夫都没有明显效果，起码暂时没有。

"那样也好，找个好工作，前途有保证。"他好像终于从朦胧状态中清醒过来，声音清朗多了。

"你呢？我记得你只读三年，这半年也该找工作的。"

"这边找工作容易，不比北京，竞争厉害，压力又大。"蒲小明说，"不是怕耽误你的前程，我宁愿你回来上班呢。省城也不错，样样都好，还不像北京那样冷，风沙又大。"

"习惯了。"我低声说。

"不说了。我想你也不会回来——你给她打电话了吗？"

"哪个她？"

"这个时候还要装纯？哈哈！"他在那边笑了，"莫非你要我告诉你她的名字？"

"……"

"不说话？你们是不是闹矛盾了？"

"没有啊，就是简单说了几句话。很短。"我从来就不擅长向人讲述心事，隔着几千里也觉不自然。

"她怎么能这样对你？"

"可能是这段时间我太忙，冷落她了，"我说，"过段时间就好了。"

"要不要我去帮你说说？"蒲小明想了想道，"她应该更理解你一些，你是一个人在外地奋斗。"

"不用不用，这种事没法说，也说不得……"

但是他似乎被这个想法吸引住了，"我肯定会注意语气。哥们之间，都不是外人，我一定要去帮你解释一下……"

"千万不要，你不了解她的性格……"我有些着急了，觉得蒲小明好像突然从什么都很明白的人变成一个鲁莽的家伙，"不要去，越说越糟。"

"那就不去了。阿毛，你别担心，好好休息，注意身体，找个好工作。"

本来是想打电话放松、甚至开心一点，结果是增添了担心。我不知道蒲小明究竟会不会去找巫凤凰。一想到他要去找她，甚至半开玩笑半认真地说一些颇有寓意的话，我就感觉不妙。

长话亭关门了。我从里面出来，一点睡意没有。

黑暗中是一条发白的路，一头通往宿舍，一头连接着一片黑黢黢的树林。我沿着与宿舍相反的方向走了下去。

暗淡的灯光被隔断在树林外面，林子里似乎是另一个空间了。这一条小路并不长，但在白天也非常幽静。如果是夏天晚上，可以听见夜鸟的梦呓和虫豸的低吟。但这是除夕之夜，除了我自己行走的声响，再无其他动静。甚至没有一丝风。

我倾听自己的脚步，以及这声响在林间引起的沉郁的回声，凭着感觉往前走。

冷。静。黑。

但这黑暗还有层次。地面和空气是灰黑的，树干则构成黑暗中更黑的部分……黑得不像木头，有些虚幻。我突然想起这林间有一座坟墓，虽然墓主乃是一位名人，死后一样也只能做孤魂野鬼。在这样一个没有月亮的冰冷夜晚，不知道他的亡灵是否会出来游荡。再看那些树，顶上叶片都掉光了，枝杈很细密，像无数把扫帚，倒植在这一片土地上。不知传说中的女巫是否就骑着这样的扫帚满世界飞驰，她们总在人迹罕至的地方出没。《哈姆雷特》开头就出现过三名诡异的女巫。

我加快步子，朝树林那头走去。途中经过一座披着一身白的雕像，黑暗中看不清他的表情，隐隐觉得他似乎作势欲扑——这个想法使我几乎狼狈逃窜。不过我到底站住了，凝神细看过去，又觉得有些滑稽。这雕像似乎才从面粉缸里跑出来，脸上东一块西一块地挂着薄雪。

林子外面就是一片水域，结冰有些日子了。如果不是有一层雪覆在上面，在黑暗中也该反光，当然是那种有些发青的光。我绕着这一片凝固的水走了两圈，感觉只是瞬间工夫，身上就热腾腾的。而且走路也没有让我感到心里更清凉。

菩萨洞给我看过病的医生都说我火重。心火旺，肺火旺，肝火旺。人慢慢长大，我开始理解他们的说法了。我现在就觉得自己身体里好像在开锅。

是的，这是一个寒冷的夜晚，刚刚下过雪，我是站在结冰的湖边，我的脸因为裸露在空气中有些发木。但是我确实感到自己好像开锅了。

"中心如沸"，《诗经》里的那个句子说的似乎就是我。

我走到湖面上去，因为有积雪的缘故，走动并不困难。在冰面上走了一段，一个不留神，我终究摔倒了。冰层很厚，白天还有人在上面滑行，我不担心会掉进水里。不过就算掉下去也没关系，顶多挨点冻。菩萨洞长大的人没有不会水的。

不过我没有立刻爬起来。趴在冰面上，寒气从底下一阵一阵上来，熏蒸着我的脸，又从衣服领子里钻进去，身上却不觉得冷。我扫开一小片积雪，看见自己的倒影。这个映在冰层里的年轻面孔，表情因为寒冷显得有些呆滞，但是双眸里却含着奇异的、有些狂热的亮光，似乎头脑里那些沸腾的东西都聚集到瞳孔中了。这张脸的主人像是得了热病。

我不再看下去，额头枕在手上，趴了好一阵。

曾经有个叫做"王祥卧冰"的典故，说的是一名孝子用身体融化坚冰，捕鱼给母亲吃。那是一个很动人的故事。但是我没有任何美好目的，只希望这寒冰能够吸去我身心里潜伏的热量。

那一块坚硬的冰面，在20岁的灼热躯体烘烤之下，一定会更柔软一些，热气也许会辐射到水里去；没有来历的、烫人的眼泪，像两道温泉，无声地淌过手背，从指缝里流到冰面上；最终也许还会渗透到湖水中。如果我趴着的位置下面正好有鱼群在睡觉，或许它们会梦见自己置身于春夜温暖的海里。

20. 生日之后的第十天

我不记得那个除夕的夜晚在露天里待了多久，回去时当然是正月初一凌晨。当时有一种很奇异的感觉：整个空荡荡的校园都是我一个人的，走到哪里，哪里就属于我。那也是大学四年中我唯一一次对学校产生这种感觉。也许那是毕业前冷不防露出来的一点点依恋。

但是我不能因此就不离开学校。既然已经决定要上班，也没什么可反悔的，而且即使反悔也来不及了。找工作还要继续下去。

春节过了没几天，我又开始一轮一轮地奔走，同时也在那家对我很感兴趣的单位实习。也许那应该算我的第一份严格意义上的工作。以前的工作大多数带有体验性质，开心则多干几天，不开心则拿到应得的报酬就不再去。这一次不同了：每天早上八点，我准时赶到办公室，不光要尽可能多做事，同时也要留心周围的人际关系，尽量赢得人们的好感，这样才可能缩短实习时间，争取在留北京的期限之前拿到用人协议。每天下午两点，我带着一些材料离开，留到晚上研究，为第二天做准备。为了以防万一，白天剩下的时间则去了解关于更多单位的更多信息。

那份工作很投我的脾气，做起来轻松自如，我的效率非常高，虽然每天下午提前两个小时离开，做的事并不比别人少。寒假结束的时候，我已经实习了近十天，给那里的人留下了很好的印象。实习单位的顶头上司私下不止一次对我的工作表示赞赏，说是大家很可能会缩短我的实习时间，争取尽快签约。工作表现当然是一个因素，更主要的也许是因为这里的人在轻闲的工作中把彼此关系搞得过于复杂，他们需要一名只带着眼睛和耳朵进办公室、却不大说废话的新鲜人。

然而开学之后我就变得狼狈了。最后一个学期居然还有好几门课，而且一开始，老师就安排了一门社会实践课，需要整天到大街小巷里去做一段时间调查。根据课程安排，这种调查要持续半个月，等到它结束，离留北京的期限也没有几天了。如果我的实习就此中断，不但前功尽弃，而且很难说以后还有这样两厢情愿的工作机会。

时间变得急促起来。我过了一段堪称疯狂的生活。一大早起床，看书，吃早点，然后背上包出门。忙到下午三点钟，再赶到单位去实习，在那里一直待到晚上十点，然后坐一个半小时公共汽车回学校宿舍。那也是一段非常刺激的日子，我第一次发现自己身上似乎精力无穷，整天都在跑来跑去，晚上仍不觉得累，有时还兴奋得难以成眠。将近两个星期，我中午在外面吃盒饭，晚上在办公室吃泡面，嘴上很快就起了一圈燎泡，眼眶也深陷下去。

这两个星期之后，我的调查报告受到老师的夸奖，同时也从实习单位得到近乎肯定的消息：他们对我已不再疑虑，而且，为了方便我向学校交差，他们决定说服人事部门把实习期从原定的三个月缩短到一个半月，争取在三月下旬就和我签协议。

听到这个消息那天，是晚上八点钟，别人都走得差不多了。只剩下实习单位的部门领导在忙什么事情，我则留在办公室里翻资料。后来他拉我一起出去吃饭，中间顺口就把所有细节都告诉了我。这个消息让我胃口大开。

那天晚上，我回去得比往常早，两个小时里，给巫凤凰打了好几次电话。但是直到十二点，她也没回宿舍。她们寝室不同的人接了我的电话，但回答都是一样的：没回来，不知道去哪里了。

我们事实上在第二天中午才联系上。

"我工作有眉目了，"我开心地说，"不出意外的话，很快就签协议。"

"祝贺你。"她说。

"我很高兴，没想到能在这么短的时间敲定一个满意的单位……"我的话有些多起来，想告诉她我为这工作花的心思。

但是她截断了我的话："没有几个人能做自己想做的事，你应该感到幸福。"

"是，"她的冷静让我诧异，但我还是说，"本来我昨晚上就想告诉你，可是你不在。"

"我听说你打电话了。"她说。

"对了，你怎么那么晚还不在宿舍？不会也在办公室加班吧。"

她笑了笑："没有，我的工作问题不大，有我们家的人想办法。"

"那当然轻松了。"我说，"那你昨天忙什么呢？"

"我在酒吧里待了个通宵。"她说。

"酒吧?"

"对。昨天是我生日之后第十天。"她说。

"你生日……"我非常尴尬,"对不起,最近我太忙了,确实忘了。真的很对不起。"我脑子里闪现过撒谎的念头,比如说,告诉她问候她生日快乐的信还在路上、昨天打电话也是想问候之类。但是我放弃了。我不精通撒谎的本领,同时她也不是一个好欺骗的人。

"不用了,"她说,"忘了就算了,我不在乎。"这句话让我突然发现她语气中一直存在的淡漠。

"你也知道,我不是故意的……"我说,"这边找工作很辛苦……"

"我知道,"她打断我的话,"但是你不知道一个人玩也很有意思。我先去吃饭,然后到酒吧里喝咖啡,听音乐。一晚上的时间过得很快。"

"你宿舍里的人怎么没和你一起出去?"

"我们上周末已经聚会了。你对这个很关心吗?"

"对不起……"

"不要道歉了。"

"是我不好……"

"该怪的是我,"她说,"生日都过了十天了还想等人来问候。"

巫凤凰话说得很慢,声调一直平稳,但是听在我耳朵里,却让我几次脸红。我非常愧疚。

"人总是这样,不是想要什么就能有什么。"她说。

这句话就像一句谶语,让我心里发凉。

"喂!"正在出神的时候,她又唤醒我,"不说话就把电话挂了吧。"

"刚才走神了,"我赶紧说,"我今天给你寄一件礼物过去,好不好?

给我一个弥补的机会吧。"

"不必了吧。"她说。

"别呀……我都向你认错了，还不行吗？"我笑着劝她，"不要赌气了吧。"

"你有时候真像个小孩子一样……"她也笑了，"不过我真没有赌气。"

"那就是说，你原谅我了。"

"本来就没有错，原谅什么？"她言语中仍然有些矜持，"你怎么会有错呢。"

"你……又来了……"我说，"我已经很不好意思了。"

"你这个人，会知道不好意思……"她笑了一笑，声音又变得严肃了，"真正不好意思的其实是我。"

"你？"

"蒲小明已经教训过我一顿了。"她说。

"他？教训你？"我非常惊讶，"为什么？"我记得蒲小明答应我不去找她的。

她笑了："你不会不知道吧。"

"他是说过要代我去看你，被我劝住了，"我说，"可是他怎么会……"

"不说这个了，"她说，"反正我从小被家里训斥惯了，不在乎被人多训斥几句。"

"他都说什么了？"

"他说你让他去找的，怎么你还不知道他会说什么？"

"我确实什么都不知道！"

"他骂我对你不好，不体贴，不理解你的心思……还有很多。"巫凤凰说，"他真是你的好朋友。"

"真对不起……"

"同学要用电话了，"她说，"再联系吧。"

那边挂电话时传来咔嗒一声，在我耳朵里回旋了很长时间。直到坐在宿舍里，我的耳朵还在嗡嗡作响。

我又给蒲小明打了个电话，问他当时都说了什么，让巫凤凰这样念念不忘。

他一开始敷衍，后来则有些抱歉说："阿毛，我去过之后就后悔了。那天中午我跟人吃饭，喝了不少酒，中午又睡不着，才去她那里帮你看她的。我都不记得到底说了些什么，不行的话我去向她道歉吧，她有什么不高兴应该朝我来，千万别把账算在你头上。"

我安慰他说："你一番好意，我自然明白。既然都说过了，再找她反倒越描越黑。日久见人心，不管你当时说的算不算我的意思，以后她慢慢也能看出来。"

21. 春天真的远去

天气越来越暖和，张阿毛难得地在周末睡了个懒觉。通常他6点左右起床，跑步，上自习，吃早点，然后就去上课或看半天书。

朦胧中就听见鸟叫，然后他睁眼，发现已是春日迟迟。

宿舍里还有三个人在呼呼大睡，对面床上的哥们睡眼惺忪地拿着本书在翻，见他看过去，就挤了挤眼。

张阿毛朝他一笑。头天晚上，他们和另外两名同学一起去看了一场歌剧，著名的《蝴蝶夫人》。这是他第一次看歌剧，虽然听不懂词，但是很受曲调的感染。他发现当时应付着选的音乐课没有白上。

"有一个良辰佳日……"蝴蝶夫人巧巧桑站在聚光灯下，浑身哆嗦地唱道。她的声音明亮如春日阳光，却饱含辛酸。对于不开心的人来说，或许美丽时光都会变成奈何天。

正在想入非非的时候，宿舍门楣上的小喇叭忽然哗啦响了一声，又传来楼长嘶哑的声音："张阿毛在不在？快来接电话！"

"你刚才不会还在睡觉吧，"巫凤凰说，她一定是听出了他嗓音里残留的倦意，"我记得你喜欢早起。"

"是在睡觉，"他说，"昨天睡得很晚。"

"那，你看我还过不过来？"她问。

他有些发傻，停了片刻才想起问："你在北京？"

"是。"她说，"我姨妈过生日，我也没课，来北京两天了。"

"我去接你！"

"不用，我自己来吧。"

她很快就到了。张阿毛因为她是第一次来，就陪着她在园子里仔细走动。这一阵忙起来，他自己也难得游赏春色，此时倒是个难得的机会。

虽是和风丽日天气，学生或者在教室里看书，或者闭门春睡，在户外活动的人却不多。一路上都觉得很清静。

迎春已开到尾声，他还是带着她去找当时采摘的那一丛，他记得就在图书馆旁边。那里的迎春总是开得最美。

但是他们扑空了。虽然上个春天他还来看过，却有整整一年不再留心，不知道它们什么时候被连根掘走。那里换上了几株半大的树苗。

"这真是……"他狼狈地说,"还没毕业就有这些变化。"

"没关系,那就去看别的。"她微笑。

于是他们看其他花木。沐浴着阳光,他认识和不认识的那些花,都开得很香艳。树木绿得千姿百态。

后来他们在一张长椅上坐下了。一带柳烟笼着一池春水,他们正好待在那一丛形态最舒展的高柳下面。这是整个校园里他最喜欢的几棵树之一。

"环境不错。"巫凤凰说。

"听说从前这是鳌拜的园子,叫做沁春园。"他说,"你看那边还有一只石舫,后来鳌拜被抄家,连石舫也成了罪证。"

"石舫是贪污来的?"

"当时魏征对唐太宗说,民为水,君为舟;水能载舟,也能覆舟。后来皇家园林里就有石舫,"他说,"但若出现在私人庭园里却是僭越了。鳌拜因此被认为自比帝王,图谋不轨。"

阳光照在人身上,很轻软。两个人的话都少了,只顾看风景。

"原来姹紫嫣红开遍,似这般都付与断井颓垣。良辰美景奈何天,赏心乐事谁家院?朝飞暮卷,云霞翠轩,雨丝风片,烟波画船……"张阿毛想起《牡丹亭》里的一些句子,再看身边,果然是如花美眷。他希望日子就这样停留不去,却也知道没有人能像传说中的浮士德一样喝住时间——什么样的人也敌不过似水流年。

"今年太忙,我这还是第一次来,"过了一阵,他叹气说,"前两年这是我春天最喜欢来的地方。"

"你最喜欢……"她笑了笑,"你很少用这样热情的字眼。"

"是真的,"他说,"我最喜欢这里了。"

"难得你有这样的热情。"巫凤凰笑道。她的双眼闪光，她衣服纹路上的金线也微微闪光。

张阿毛凝视她。虽是大白天，而且就在阳光下，她仍显得明艳照人，几乎不可逼视。

然而他条件反射地回答了她。

"你很含蓄。"他说。

她笑了："含蓄从来是你的风格，我可不是这样。我这次找你，是想和你谈谈。"

"我们一直在谈。"他说。

"谈什么？"

"谈恋爱。"他微笑说。

巫凤凰的嘴角也露出一丝笑意："有时候，你真的像个孩子，这么顽皮。"

但是她随即垂下眼帘："那就谈一谈我们的这一场恋爱。"

"我感觉很好。"张阿毛说。

"那只是你的感觉，"她回答，"不代表我的。"

"你是说……"

"我感觉并不好。"她微笑着看他。

"哦？"他偷偷看了看她的脸色，也笑，"因为什么？"

"你这么聪明，怎会不知道？"她垂着眼帘，手里把玩着一茎柳枝，"我早说过，你很会装傻。"

"没有呀，真的没有！"他虽然知道事态已经有些严重，但还是忍不住要笑，"我真不知道呀……"

"是吗？"她抬头看他，眼波是湖水一样的清澈，也带着湖水一样的春寒。

"你也知道，一个人的感觉不能代表另一个人的，"他肃容说，"如果你已经有了结论，告诉我。"

"你并不爱我。"她说。

"理由呢？"他皱着眉，有些气恼和委屈。

"理由应该问你自己，我怎么知道？"他听出她偷换了概念，也听出她的声音很冷淡，"你们这个学校，有那么多千娇百媚的花，只怕也少不了千娇百媚的人……"

"胡说，"他拦住她的话头，"我不习惯发誓，但为这件事，我敢于发誓。"

"那倒不用，"她笑了笑，"也许我应该相信你。"

"这样才好。"他说。他有些得意：她到底是了解和相信他的。但是她接下来说的话让他立刻又有些不安。

"如果不是你不爱我，就是我不能接受你爱我的方式。"她不看他，脸冲着旁边，好像这话是说给过路人、或者春风、或者眼前的柳树、脚下的湖水听的。

"我……"他有些疑惑，也有些茫然，"但是我真的很珍惜你。"

"是吗？"她也皱眉，停了一阵才说，"可我感觉不到。也许我是太迟钝了。"末一句语音里带着笑意，让他有些不痛快。

"我是很笨的，"他老老实实说，"心笨，嘴笨，虽然偶尔说几句俏皮话，却不会变着法子哄人开心……但我不是三心二意的人，从小我妈就说我是死心眼。"

"看来你有很多优点，"她微笑说，"你要是真的爱上了谁，也许她应该感到幸福。"

"要是？"他不喜欢这个假设意味太重的词，不禁跟着重复。

"Sorry，我是说，如果谁能够接受你的方式，她应该感到幸福……"她歉然道。

"那你呢？"他问她。

"跟你在一起，我只觉得冷，"她笑了一下，犹豫着说，"你比冷血动物还要冷，还要淡。"

张阿毛苦笑一下。这话他已从她那里听到过几次，以前只当是玩笑。但是他知道她这次是认真的，却不知道该作何回答。

"很多时候我想起你，觉得跟你隔得很远，轻易见不到人——即使见到了，除了……个别时候……"巫凤凰脸上红了一下，说，"总感到你又飘忽又安静，看我的表情像看笑话一样；我却琢磨不透你在想什么。看来是我太笨了。"

"也许这只是表达方式……和性格的问题……"他干咳一声，不自然地说，"我是有些内向，还有些腼腆，很多时候不知道该说什么……"

"你，腼腆？"她笑着瞅他一眼。

她的眉目神情让他又想起《牡丹亭》里的另一个词——"笑眼生花"，却不由自主跟着她脸红起来。

"反正我从来话少。"他说。

"那或许因为没碰到合适的。"她淡淡地说。

他不吭声。湖边暖风熏人，他就像喝了酒一样懒洋洋的，很希望躺在长椅上酣睡一场，只觉得此外做什么都是辜负阳春天气。

如果非要表达点什么，为什么不能是美好的或者甜蜜的，何必定要这样唇枪舌剑、连蒙带诈地费心？

"你在想什么？"她看出他在走神，有些不快。

他回过神来，细致地看她。

柳烟中有了她的容光，春光也觉黯淡。

她又说了句什么。他没听清，却想起两个人的一次聊天。那时候，他对她说：如果他哪一天落到敌人手里，不等对方严刑拷打，先就会自己了断，因为他不喜欢给人反反复复审讯盘问；她则又一次这样评价他："你比毛毛虫还骄傲。"此时想起来，他发现她其实不了解他。他知道自己对生活要求不高，素无远大抱负，连骄傲也算不上。只不过，死心眼的人，都是倔犟的人。

"你在听吗？"她再次觉察到了他的心不在焉，语气里带着不悦。

他无奈地看着她。"也许你是对的。"他说。

"是吗？"她嘲讽地说，"能够得到你的肯定，是不是很难得？"

"我刚才一直在想，现在好像有点明白了，"他温和地说，"可能真不是表达方式的问题，而在人本身。也许，除了自己，我现在还没有真正爱过任何人。"

她冷冷地看他，不发一言。

"我就是自恋的纳喀索斯。"张阿毛总结道。

巫凤凰的脸色有一刹那白得透明，转瞬间又恢复。"你的确诚实。"她说。

"虽然，有时候……诚实并不受欢迎……"他低声说。

此后他们都不肯再说话。两人很安静地并排坐在长椅上，坐了很久。

张阿毛不知道巫凤凰在想什么，也不想知道。他又觉得自己是在做梦，如同化蝶的庄子。临时引发的一个问题是：如果一只蝴蝶想飞过这一片水面，大概需要多久？它会觉得此刻的时间过得是快是慢？

他到处搜寻，水面和天空都没有蝴蝶的影子，只在水里发现她和他的模样。他想起那一次，在异乡的一家酒店里，一抬头看见两人照在镜子里的神态。

"伤心桥下春波绿，曾是惊鸿照影来。"张阿毛在心里虚构他日独自来此静坐的情形，顺便预支了一个自认为贴切的句子暗念一遍。但是他知道以后再不会到这个角落里来，更谈不上临流照影。

坐到最后，他和她仍是缄口不语，肚子却开始讲话。两人相视一笑。

"一起吃饭吧。"他说。

"不，"她站起身，"我回去了。"

他突然下意识地拉住她。她尴尬地抽回手，不看他。

"我……再吻你一次，好不好？"他低声说。

她看了他一眼，用目光拒绝了。

他看着她的眼睛，低声说："求你！"

于是她坐下来。

于是他吻了她。

在她擦拭嘴唇上的血迹时，他低声说："对不起。"

她轻声笑了："我记住了，你是一头小野兽。其实你不需要这样专门提醒我的。"

"你把我想得这样诡计多端……"他苦笑一下。

这是那一天他对她说的倒数第二句话。最后一句是："再见。"

说完这两个字，一辆红色的出租车开过来，她上去了。然后他转过头，没有再看她在车里的表情，也没有看出租车如何直行、拐弯，然后从视野里消失。

PART 卷 二 **02**
夏至

22.　两年后的夜晚

　　张阿毛已经很长一段时间没到图书馆上自习了。自从开始为毕业分配的事情忙碌以来，他就难得有时间和心情再进图书馆和自习教室。

　　但是他到底想起要上图书馆自习室，想找个地方坐一阵子，尽管那些几个月不见的人和地方，已让他觉得有些陌生。

　　他早早吃过晚饭就去了。时间比较赶巧，他拎着书包进去的时候，角落里正好有一个人离开。他就坐到位置上。但是这个座位让他有些尴尬。

　　两年前的春天，正是在这个座位的桌子上，他为了一封信从下午熬到晚上，随后还兴奋得睡不着觉。当然，他也是在这个地方，一个人读到了她给他的回信，那让他高兴了很长时间、至今还记得每一句话的两页纸……但是，"现在毕竟两年过去了，"他有些无奈地想，"时间不同了，事情总要有些变化。"

　　有个人拍了一下他的肩膀。张阿毛抬头看对方，心里颇有一种怪异的感觉。好像一来到这个自习室的这个角落，所有跟过去时间有关的细节和人物都要一起出现才符合逻辑似的。他记得自己已经很长时间没碰见王力男了。

"嘿，好久不见啦，"刚出了自习室门口，王力男就说，"你怎么不来上自习了。"

"还说呢，我记得你从大三开始就不来了，"他回答说，"不过这一年我也没怎么来。"

"我大三去法国参加校际交流，待了整整一年，走之前没告诉你吗？"王力男有些惊讶地说，"张阿毛我看你越来越糊涂啦。"

"哈！"他觉得她的评论很有趣，不禁笑出来，跟着说，"我也不清楚，好像是真的糊涂啦。"

"那你到底怎么了，失魂落魄的样子。"她问他，"你有些瘦，眼圈发黑，不会天天晚上在外面鬼混吧。"

他笑了笑："我身体不大好，神经也有些衰弱，晚上很容易失眠，白天就无精打采的。"

"那你需要锻炼，"她说，"别因为读个大学就闹出一身病来……对了，你的计划没变吧？"

"什么计划？"她问得不着边际，他觉得有些摸不着头脑。

"我记得你当时说要读什么专业的硕士，然后又去哪里读博士之类，看来你是说了就算，都忘光啦……"王力男笑着看他，摇了摇头，"变得可真快。"

"我工作都找好了。"他说。

她问："你什么时候改变主意的？"

"去年暑假吧……"他含糊其辞地说，"也没什么特别的原因，就觉得不想念书了。想先上班。"

她没有回答，目光看着别处，似乎有些走神。

"对了，别光说我，你怎么样？"他问她。

她好像是从梦中惊醒一样，回答说："哦……我还是老样子，大学一开始就想好了的。去年冬天就申请留学，现在已经拿到 offer 了。"

"祝贺你，"他开心地说，"你是心想事成。"

"是吗？"王力男咯咯笑起来，"我男朋友也这么说呢。他还嫉妒我，说我的学校比他的好。哼！"

说话时间不长，王力男的电话就响了。她看了看，笑着和他道别，立刻飞快地跑了。张阿毛认为那一定是她的男朋友，只怕还是校友。

在自习室待了大半个晚上，他的收获并不大，带去的一本书半天只看了几页。

天井里一片光明，全是清朗的月光。张阿毛看一眼人头济济的自习室，拎着书包出去了。经过图书馆里的小卖部时，他顺便买了包烟。本来已经付完钱，正要走时，又另外要了瓶酒。

那是一个略带凉意的春夜。然而当他在图书馆大门口的台阶下喝下第一口酒之后，觉得夜晚开始变得非常暖和。他有些恋恋不舍地看着图书馆的牌子，知道自己以后能来上自习的机会屈指可数，决定在毕业前余下的时间要多到这里来。

在这个地方，他度过了大学前三年的很多课余时间。借书和阅览报纸杂志不用说，只要上自习，多半就在这里面的自习室里。眼睛累了的时候，他通常会到附近走一走，看看周围的花草树木。

图书馆大门右侧种着几株白玉兰。他一直很喜欢这些高洁美丽的花朵。以前的每个春天，他经常在玉兰盛开的时候在树下徘徊。不知道玉兰现在还开着没有？

这个春天过得忙而且乱，张阿毛此时才发现自己一次也没有来看望过这些玉兰。尽管已经喝了一些酒，念头一起，他仍然闻到了玉兰的芳香。而且他能感觉到花香的浓淡也在随着微风的来去而变化。

处处都是月光，那些光彩照人的花朵很容易就被人当成月光在树枝上的反光，起码他才出来时就没留意到。这时认真察看，才发现它们仍然在那里。月光下它们的样子清妙动人。

"毕业之后，就很难再看到你们了。"他站在树下，低声说。

他也第一次发现这几棵树的位置不够理想。它们离图书馆大门太近，旁边总有人放自行车或者取自行车，而且他们不看美丽的玉兰却来看他，让他感觉不舒服。他干脆就靠着一棵树坐下来。

他整个人隐藏在那些花朵和枝叶的影子里。

张阿毛望着头顶的花朵，不禁吐出一口长气。这些沉默的乔木让他想起一种灌木——可惜那一丛迎春已经荡然无存。

当年那些金黄的迎春花瓣，在一个清新的春日被邮递到南方去的那些花瓣，就是在图书馆旁边采撷的。

那一天，他很遗憾巫凤凰来没有能够看见那些迎春。他本来想当着那些花朵的面，告诉她自己是如何在清晨起床，如何小心翼翼地采撷花瓣，又如何怀着焦虑把它们和信一起寄给了她。

他还记得那次她的回信是用快递送到他手里的，那里面的字句他都可以背下来。但是，就在这个白天，他收到了她的另一封信。如果说前者是制订一份契约，后者却是为了解除契约。巫凤凰历来礼数周全。

"花间一壶酒，独酌无相亲……"酒喝到一半的时候，张阿毛忽然想起李白当年的句子。他认为自己有一点儿能够体会到作者当日的心境了。

"我歌月徘徊，我舞影凌乱。"李白说。张阿毛虽然不会唱歌也不会跳舞，但他推测，如果自己在月光下独唱，一定会把猫头鹰吓哭；独舞的姿势则恐怕类似于临死前的抽搐。他唯一的事情就是抽烟、喝酒、静坐。顺便给大脑放个假，让它轻松一些。

"……你的态度证实了我的判断，当然你不会承认。很明显，我在你心里无足轻重……"巫凤凰那封来信中的句子突然又冒出来，他使劲晃晃脑袋，希望驱逐这些字句，但是它们的片段仍然固执地往他脑袋里钻。他都有些恨自己了。以前不觉得记忆有多么好，只在白天看过一遍的文字却偏偏会记得这么清楚。

"虽然我不愿意看到这个结局，却并不后悔。如果几句试探的话就足以让人翻脸，那还是早些分开的好……"那封信被他顺手扔进了垃圾箱，尽管他觉得这样做有些过火。因为他不喜欢她结尾用的一句话。

"祝你幸福。"在不长的正文之后，巫凤凰写道。

当然，这是标准的习惯用语，通行的道别方式。但却不合乎她的表达风格。

他深知她厌烦陈词滥调。然而，在最后一次写给他的信里，她却用了这样几个被人说了无数次的汉字——

祝你幸福。

它们潦草地出现在信纸的倒数第三行，后面就是签名和日期。它们的笔画并不复杂，但是笔迹却迥异于正文，难以辨认，显然是随随便便写出来的。信的作者似乎太急于结束，只好胡乱堆砌上四个字，聊以敷衍塞责。

这样漫不经心的结尾让张阿毛义愤填膺。

为什么一定要用这样格式化的句子，她自己原本不是这样格式化的人，而且完全可以有更好的表达？难道一旦翻脸，写信就可以不用心？

为什么要写得这样仓促，是不是，关系疏离之后连字也可以写得更粗疏？

为什么她，明明知道他和她一样——起码他自己是这样——很长时间都不会再感到快乐或幸福，还要在他面前提什么幸福？

幸福是一个恶毒的词，只有在一定的情况下，人们才知道它究竟恶毒到什么程度。所以张阿毛毫不犹豫地扔掉了那封信。

但是他不可能扔掉那些文字及其影响。它们还在那里，在他的脑子里穿梭来去，在他耳边嗡嗡作响，甚至在树枝上和着月光一起纷纷扬扬地四处飘洒……

张阿毛揉了揉眼睛——不是幻觉，月光里果然有什么东西在下坠。但却不是纷纷扬扬的，而是零落的、缓慢的。

那是他第一次看见玉兰凋谢。

以前看了几个春天，他从来没有发现它们什么时候凋零。那些花朵似乎一夜之间就消失了，只有余香残留在空气里。

没想到在这个残酷的夜晚，他发现了玉兰的秘密。

天上是一轮满月，很安静地贴在蓝黑色的底子上，年轻、光洁、苍白。天幕很低，树枝很高，那些从树梢飘零的花瓣在月光中透明如同液体，似乎直接从月亮的脸上滴落下来。

有些花瓣落到张阿毛衣襟上，他把其中一瓣送进嘴里，试图含英咀华。但是他没有品尝出任何滋味，因为他发现自己的舌头已经变得麻木。

在他醉酒的那个晚上，张阿毛认为自己看见了月亮的眼泪。

也许他是自私的，只顾独自回忆和品味朦胧中看到的那一轮满月、那些无声飘落的花瓣，以及当时心里那几分莫名的快意，却不肯与任何人分享。

23. 我把自己"卖"出去了

那些天我既无所事事又心事重重。

时间表上的内容不少。除了上课、写毕业论文，也经常到实习单位去看看。但是就这样也不能完全耗尽所有时间。虽然杂事不断，也总有休息的时候；虽然同学和朋友之间聚会越来越多，也总有独处的时候。我经常不由自主地发呆，尤其是论文初稿交给导师之后，空闲更多，发呆也更频繁。

我不知道自己是从哪一年开始学会了发呆。当我在大学四年级的最后一个学期，从一次长时间的发呆状态中清醒过来时，我发现这个习惯已经有些根深蒂固。

我不喜欢发呆。对我来说，这是一个奢侈的爱好，也过于慵懒和悠闲。也许它发生在那些自称天生散淡、看尽繁华的人身上非常合适，但是，我这样一个从偏僻的菩萨洞小镇里出来的人，不应该染上这样娇贵的毛病。如果不是在学习、工作或读闲书，我宁可散步，甚至睡觉，后者起码能让人得到休息。"悄焉动容，视通万里"，这是古人对发呆的溢美之词。然而它对我一点好处也没有，反倒会增加失眠的次数和时间。我本能地排斥这种听起来很风雅的行为。

有一天打水的时候，我的手差点被烫伤了。锅炉房里来来去去的，不是男生就是女生，也有一男一女，或者男男女女。我好像认识他们所有的人，又好像一个也不认识。但是我不知道自己看到了什么，又想起了什么。手背皮肤传来的灼痛感觉让我发现暖瓶已经灌满，开水正在四处飞溅。这让我开始自我检讨：也许日子过得太松懈了，如果时间紧张，肯定不会这样心不在焉。

到四月中旬的时候，虽然大多数学生都已敲定去处，校园里还有一场接一场的招聘会，也仍然有不少招聘广告张贴出来。我于是没事的时候就去参加这些活动，打发那些空闲时间。我还把留在手边没用完的那些简历也都投递出去，反正放在那里也是浪费。我见一个地方就胡乱投简历，连那些我觉得跟我毫无关系的地方我也没有漏掉。

我已经和春节后实习的单位签约了，他们正在办理各种手续，我则等着毕业后拿着学校发给的派遣证和报到证去上班。但是，到了四月底，突然连着有几家公司与我联系，希望我参加面谈。

我于是去了。能和一些人聊天，即使对方非常陌生，总比坐在宿舍里打扑克、侃大山或者躺在床上做白日梦有意思。

我不曾想到自己会对其中一家公司产生兴趣。从大学四年级上学期开始找工作，我压根没对公司动过念头。虽然在裁缝铺子里长大，从小就看惯父母和人家做生意，我对商业毫无感觉。对一个缺乏雄心壮志的人来说，也许这个竞争激烈、节奏很快的行业所能提供的工作包含了太多难度。

"很多年轻人，因为选择工作不够深思熟虑，毕业没多久就给毁了。"面谈的时候，那家公司的孟姓总裁对我说，"他们变得越来越懒散，养成了不少坏毛病，身上的潜力很难有机会得到开发。"

我不知道他为什么要一个一个地和这些年纪轻轻的毕业生单独面谈。这是找工作的过程中我第一次碰见这样的事情。但是他的一些说法的确让我有些担心。以后的时间太长了，我不能不仔细考虑。

签约的单位已经不是未知环境。我去那里的时间也不少，跟未来的同事逐渐熟悉起来，也越来越了解他们的工作和生活状况。到那里工作，的确会非常清闲——也许是太清闲了，让我很难设想毕业之后自己将要面对的一切。

"虽然你会非常忙，但一定会忙得很有意义。"姓孟的中年人这样对我说。作为一名四十多岁的男子，他的神情态度和我在很多地方见过的同样年龄的人区别较大。应该说，他身上透露出来的气质和才干比他画的饼对我触动更强烈。我不希望自己四十多岁时就变得死板陈腐、了无生气。

这两家工作内容和风格大异其趣、且体制也完全不同的机构，它们对我的生活，谁会产生更积极的影响？我左右为难了几天，却没有任何结论——不过又多发了几天呆。我发现只要一闲下来就完了，人会整个地沉陷进某种自己不想要的状态里面去。这一点发现，让我作出了判断。

我最终选择了忙碌的生活，也就是选择了对一家已经签约机构的背信弃义。我毫无怨言地看待这一选择的代价：遭到一顿痛斥并赔偿人民币几千元，后者以违约金的名义出现。

虽然有老师警告我说那家公司背景可疑，但我还是决定去那里上班。不管它到底什么来路，我只知道我和它签了五年期的劳动合同，在这五年里，我的工作时间属于它。既然公司的业务是很繁忙的——虽然从前我对这种单调重复的低级繁忙感到恐惧——那它就是应该受到欢迎的。

在毕业前夕，我欢迎以后的生活中充满繁忙而不是充斥着脆弱虚无的玄想。公司老板出示了很多宏大的计划，它所隐含的繁忙让我感动，所以我把自己批发了。

24. 21岁，死过一回

在一个平常的日子，张阿毛最终确定了毕业后的工作。他心中的一件大事终于暂时告一段落。头一年的这个时候，他做梦也想不到自己会本科毕业就上班，也想不到一个工作会找得这样迂回曲折，结局甚至完全出乎他自己的意料。也许还会出乎别的所有人的意料，但他懒得再去想。

在签约的时候是下午一点来钟，他觉得有些晃眼，顺便往窗外瞧一瞧，果然是很好的太阳。来路上匆匆忙忙，一心想着早点结束这件事，再也无暇想别的事情。

天气其实很好。他决定回去就好好放松一下。

时令到底是暮春还是初夏，简直难以分辨。张阿毛闭眼躺在湖边的长椅上，假装自己失明又失聪，一个身体只剩下触觉。阳光里带着酒意，好像是每一根光线对着每一个毛孔扎进去，很熨帖的针灸方式。风在若有若无间，从人的皮肤上路过，连一点痕迹也不留下。在外面待着，人变得蓬松飘忽，骨头缝里都淌着酸和软。只可惜那长椅到底舒展不开，睡久了还有些硌人，让他开始想念床和被子。

除了中午小睡片刻，他再没有昼寝的习惯。不过，既然很久没有踏实休息过，难得这样睡意袭人，他认为自己有权利也有资格在下午放肆地睡一场。

从湖边到宿舍那一段路，他是梦游一样回去的，几次差点被自行车给撞了，还被人喝骂了几句。

他飞快地爬上床，直到后脑挨着枕头，叠好的被子像梦的帘幕一样罩住脸和身体，才终于在白天的黑暗中沉闷然而满足地叹了口气。这口气，似乎就是他活着时候最后呼出的一口气。这之后，他就成了失去感觉、无知无识的木乃伊。

如果不是隔壁的哥们来敲门的话，他肯定还会继续睡下去。但是对方非常执著，张阿毛只好起来，发现天色已然灰暗。

"卫熙，你没出去玩？"他揉着眼睛问。

"阿毛，你怎么还睡不够呀，今天大讲堂有个很好的电影，你一直说想看的。"卫熙说。

"我不记得说过想看哪个电影了。"他说，"什么名字？"

"你忘了，那次大家聊天，说这个《西雅图夜未眠》如何如何，你就说要什么时候能看就好了。今天他们终于拿出来放了,正好我也没看过，就来叫你。"

"你不叫女朋友一块去，倒来叫我，"他突然想起对方有个女朋友，"万一她生气不理你怎么办？"

卫熙笑了笑："她最近忙别的事，没时间看电影。"

"可是，我还没吃饭呢。"他说。

"那你在路上买点零食先垫肚子，待会儿看完电影我请你吃饭，怎么样？"卫熙说，"就快毕业了，以后也难得再聚。"

"白吃当然好了，我愿意。"他不想让这个话题继续发展，就笑着岔过去。

然后两个人就一起看电影。

他看见电影院里那些低年级的小男生小女生，一起非常感动地在旁边的座位上欷歔，还有个独自坐在那里的女生不停地用纸巾擦眼睛。

他觉得奇怪的是，好像卫熙也受到这电影一点感染，虽然他不能确定。他和这位隔壁的哥们关系不算很亲近——除了极少的两三个人，他在大学里再没有特别熟络的朋友——大家一个系，平常偶尔聊天，有时候一起参加集体活动，如此而已。要是见了卫熙这副模样，那些理工科学生更有借口说学文的人容易泛酸了。

"阿毛，咱们吃饭去吧。"卫熙面对着他，郑重地说。他本以为对方会说出一番什么惊天动地的大道理或观后感，岂料是这句话，不禁笑了。

他们去了学校附近一个小馆子。张阿毛饿了半天，等酒菜上来就大吃大喝。卫熙笑着看他，却吃得很少。

他说："你为什么不吃？老喝酒，胃该出毛病了。"

卫熙又笑了："阿毛，你真是个怪人。"

这话毫无来由，他不禁反问："理由呢？"

"感觉而已。"

"你既然发表了一个观点，需要有论据和推理过程作为支撑，否则在逻辑上就是错误的。或者你可以选择收回这句话。"

卫熙又笑："就凭你说的这两句话，已经够怪的了。大家随便聊天，你也这么认真。"

他也笑了："可是，说真的，我们以前好像并不熟悉。没料到你会这么随便。"

"是，同学四年，我们几乎从来没有单独聊过天。"卫熙承认了，"不过我注意你很久了。我还是能理解你的。"

"这话说得像中学生。"他不禁微笑，"记得很久以前，有一阵子流行一个词，叫做'理解万岁'……"

卫熙打断他的话："阿毛，咱们系的大多数人，我都是比较了解的。不过我认为你跟别人很不一样。你如果不是太老谋深算，就是太单纯。

反正我觉得你这个人想什么，别人是很难看出来的。"

"你不会就为这个找我聊天吧？"他忍不住又笑了，"那我告诉你，我什么也不想。"

"你表面非常平和，但心里特别骄傲，眼界极高，看不起大多数人——可能那些人也不值得你把他们放在眼里。我说得对不对？"

"哈哈！"他差点把刚喝下去的一口酒喷出来，"谢谢你，没想到我的形象这样高大。"

"阿毛，你今年多大了？"

"很快就该过 21 岁生日了，你呢，高寿？"

"我 23 了。"

"唔。"他正在啃一块排骨上最后一点肉，嘴里随口应付一声。

"我比你大两岁。"卫熙说。

"是，23 减 21 等于 2。"张阿毛笑道。

卫熙有些尴尬地看着他："我已经醉了，尽说废话。"

"你没醉，"他说，"而且我也没认为你在说废话。"

"是我自己这样认为。"卫熙说，"你平时不吭气，说起话来这么厉害。也许你的智力已经超过了年龄，我招架不了。"

"没有打架，干吗招架？"他觉得奇怪，"你说过的，我们只是在随便聊天。"

"好吧，随便聊天。"卫熙说，"那我问你，你觉得这四年收获大吗？"

"我确实没想过。"他说，"如果有时间，我宁可读书，不愿东想西想。"

"那现在让你想呢？"

"这个……如果让我选择一样在大学能获得的东西，我希望是智慧。"

"你觉得，在这方面有进展吗？"

"不清楚。长远的效果也许要以后才能看出来。"

"你确实和很多人不一样……"卫熙沉吟道，"阿毛，你谈过恋爱吗？你对这方面有多少了解？"

"我读的书中，有很多是小说，其中往往写到恋爱，"他说，"看来看去，这些恋爱，好像没多大区别，只是人物、场景和时间在变。"

"阿毛，你把自己防守得很严密，"卫熙露出又气又好笑的神情，"你说话总这么理智，像在搞外交。"

"我这个人，很乏味的。"他有些不好意思地笑了。

"我倒是觉得你很有趣呢。"卫熙摘下眼镜，拿起一张纸巾擦脸，"喝酒都喝出汗了，这天真舒服。"

"这种天气，确实适合喝酒。"他边说边大口喝杯中的啤酒。

"干脆，要是你没别的事，我们一会儿到草坪上接着喝吧。"卫熙说，"好久没这样跟人聊了。"

张阿毛本来想拒绝，听到后半句，话到嘴边又咽了回去。

草坪上三五成群地坐着一些人，路灯光下也看不分明，他们就背靠着一块光滑的大石头坐下。

"这里真安静，"张阿毛说，"不过露水太重，待久了容易感冒。"

"你可真细心，"卫熙说，"现在都夏天了。"

"有道理，"他说，"星星真亮，我很长时间没看过星星了。"

"可惜呀，没有月亮，否则你可以连月亮一起看了。"卫熙笑道。

他也笑："你想听到一句肉麻的回答吗？"

"说说。"

"你就是我的月亮。"他装出一副甜蜜的口吻。

"哈哈哈！"卫熙大笑，"这种话，你肯定对女生说惯了的。"

"你才是。"

"OK，那就都没有说了。对了，阿毛，你认真回答我一个问题吧。"

"什么问题呢？"

"你认为，存在真正的爱情吗？"

"……"

"阿毛？"

"说真的，我不知道。"他说，"边喝边聊吧，你的酒下去得真少。"

"我也不知道，"卫熙说，"以前我以为是有的。"

"这之后发生了一些事情，你就不相信了，是不是？"他说。

"阿毛，你真聪明，"卫熙说，"跟你聊天，一点也不累。"

"那只是因为我听得认真。"

"而且我相信你不会乱讲，"卫熙说，"我一直想跟人痛快说说心里话，但又怕他们到处说，我不喜欢自己的事被别人当做谈资，但我憋得难受。"

"谢谢你的信任。"他笑道。这家伙特意点出这一句，完全是多此一举。

"最近我和女朋友分手了，"卫熙说，"因为工作。"

"以前听人说你们都分配在北京，怎么会这样？"

"她希望我去外交部，可是我想了很久，决定去报社，她就不理我了。"

"夫荣妻贵，"张阿毛微微叹口气，说，"这大概是很多女人都想要的，可以理解。"

"以前说起毕业之后的事情，她可是信誓旦旦得很呢。"卫熙声音里的委屈越来越多，"她还说哪怕跟我回老家那个小城市也不在乎，只要两个人在一起。想不到，为一份工作，就成了这个样子……"

"人是会变的,"他说,"不过我能理解为什么下午的电影能触动你了。"

"我也没想到……"卫熙埋着头,低声说,"本来想看场电影开开心心的……"

张阿毛不喜欢看到男人的泪脸。所以他仰头喝酒,望着天空中的星斗开始出神。

"露水很重了,"过了一阵,他说,"要不我们回去?"

"再待会儿吧。"卫熙仍旧低着头,不过他没有停止喝酒。

"别喝了,你已经醉了。"张阿毛说。

"我没醉。"卫熙说。

"你虽然还能意识到你在说什么做什么,但你已经不能自控。"他说。

"我知道自己在掉眼泪,但不想控制,因为我真的很难受!"卫熙说,"我快要发疯了,为什么要控制自己!"

"听起来是激烈的情绪。不过,你听说过菩萨洞这个地方吗?"张阿毛问。

"不知道,很怪的名字,"卫熙说,"肯定是什么不开化的农村地区了。"

"那是我的家乡。"他说。

"对不起。"卫熙说。

"不用抱歉,和城市比起来,菩萨洞确实在很多地方都说得上不开化。"他微笑道,"但是我在那里长大,对周围的很多东西都非常熟悉。那里很幽静,水流起来几乎没有声音,云从天上飘过去的时候,是缓缓的。人也比较懒散。一切都有条不紊地进行,虽然表现得很温和。"

"你是在和我讨论文化地理吗?"

"我承认，我的性格深受家乡环境影响。"

"估计也是一个冷冰冰的地方，所以出产你这样的冷血动物。"卫熙推测道。

"我们好像还不很熟悉呀，你怎么好意思这样攻击我？"张阿毛笑道。

"因为我现在想发泄，想找个人出气，"卫熙嘟嚷道，"每个人都是有强烈感受的，但不是每个人都像你这么变态，疯狂地压抑自己。"

他笑了笑："压抑？嘿嘿。"

"你不承认是吧？"卫熙开始不遗余力地攻击了，他的话甚至还显得有些精彩，"过分压抑自己的人，在感情上脱不了虚伪、虚浮和虚荣，结果虚火上炎——你迟早会生病。"

"胡说。"张阿毛笑道。

两人回去时已近凌晨两点，身上的衣服早被露水湿透。躺在床上，他觉得头脑异常清醒，很长时间才勉强睡过去，梦里尽是稀奇古怪的景象，身上也时冷时热。

睡梦中间，他还被热醒过一次，想要分辨一下状况，却觉得周围的物体都在绕着他，掺杂着过往经历中的各种碎片，在黑色的背景上急剧旋转，还发出呼呼的响声。

世界变成了一个可怕的旋涡，他虚弱地躺在那里，眼睁睁地看着这个旋涡离自己越来越近，他的身体、意识和灵魂，都在被一股强大的吸力朝那不可知的地方拖拽过去，而他却毫无反抗之力。

即使在那样神智不大清醒的时候，张阿毛也知道：他病了。

他躺了三天。高烧过于猛烈，似乎身体里的水分都被蒸干了，粘在身上的薄被也变成了一块热铁片。虽然只想一动不动待在床上——哪怕待到世界末日也好——可是他不得不经常起来。既要喝水，又要上厕所，还有不定期地呕吐。有一次呕吐了很长时间，他发现自己在吐胆汁的同时又开始流鼻血，只好自嘲终于也见识到"呕心沥血"。

然而他并不因此对这一场突如其来的高烧怀有敌意。如果这样一场猛烈的火焰，能够把所有东西都烧个磬净，那实在是天大的造化。

张阿毛自幼生长乡村，虽然身躯单薄，体质却并不娇弱，生病次数不算太多。不过每次生病他都得立刻吃药，借助药力才能痊愈。

这一次，也许是因为呕吐频繁，他连同学好心去医院拿的药也没动，仅凭肉身与疾病抗衡了三天，居然在自生自灭的情况下就好了，而且康复之快出人意料。第四天早晨，他感到头脑间一片清凉；到中午时分，已经可以慢慢走动。

到水房洗脸时，墙上的镜子里映出来一张清癯的面孔，瘦骨嶙峋外加胡子拉碴，眼窝真的陷成了窝，额头又突出得过了头——如果容色中添点儿蜡黄，活脱就是死人一个。

他觉得自己其实已经算是死人了："我在 21 岁的时候死去，也许所有男子都得死上这么一次或几次才能变成真正的男人。"

不过他随即发现这种念头——即使仅仅是念头——很带有一些顾影自怜的因素，让他觉得自己非常可耻，立刻就想扔个什么东西把那镜子砸掉。但镜子到底是无辜的，所以他只得狠狠自我谴责一番。

而且他认为自己也太放纵了，以后绝对不应该再这样生病。

以前在家里的时候，生病也格外勤些，因为有人整天照顾，所以生起病来会得到很多方便；和巫凤凰在外地旅行的时候，也曾经小小地感冒过一次。在那些时候，生病是一种享受关心的理由，可以因此品尝更可口的食物，听到更温柔的话语。

总结历史，张阿毛认为，只有心情舒畅的时候，才有资格生病，疾病本身在这些日子显得非常美好。

工愁善病的人应该是柔情缱绻的人；没有情感可以寄托，疾病也就无从寄托。

所以他知道自己很长一段时间内不会生病了。

由于对自己的身体有些不放心，他还专门叮咛了几遍："不许再生病了，以后碰到的都是陌生人，不会因为你生病就对你更好。疾病赚不到同情和关心，再说，咱们都不稀罕。"

25. 轻轻地说声再见

进入 6 月，一切就开始倒计时。杂乱的琐事占去了不少时间：退还学生证和学校图书馆的借书证，上交办毕业证和学位证需要的照片，换取刚上大学时为宿舍里桌凳预付的抵押金……到处都能看见毕业生在各个窗口排队办理手续。

大概是为了让即将离校的人轻装上阵，6 月下旬，学校里还办了一个以毕业生为主角的跳蚤市场，方便大家处理东西。

张阿毛把自己的家当整个翻检一遍，一开始只决定卖掉一些旧衣服和别的小东西——它们在半个小时之内都以象征性的价格飞快地出手了。后来他回到宿舍里，看着码在床头的几大排书，还有床底下捆好的几个纸箱子，狠狠出了一会子神。

这些书本，都是他上大学之后，省下在外面打短工挣来的钱，有时候甚至克扣伙食费，从无到有逐渐积攒起来的；虽然都已读过，猛然说到抛弃，终究有些难舍。但是他想自己以后就要去公司了，从此就该忙生意，带着这些书也嫌累赘，不见得有时间再去看，还不如一口气处理了干净。于是他干脆把它们也搬到跳蚤市场上，以一块钱一本的价格，看也不看地卖出去。

在跳蚤市场上买东西的主要是低年级的师弟师妹，也有个别老师，到学生的藏品——主要是图书——中来淘便宜货。张阿毛在卖书过程中遇见了几个本系的师弟师妹，大家都认识，也不在乎这几块钱，干脆就让他们拣喜欢的拿走。

那些师弟师妹也不客气，果然就在书里东挑西拣，有的还假装陪他说说话。有个师弟和他更熟一些，更不用客套，连话也不说一句，却挑得格外仔细。

张阿毛说："你傻呀，还看什么，一会儿都被别人选光了。"那师弟笑一笑，仍然不急不忙认真地看。虽然是白给的东西，他也要仔细看版权页和出版社，甚至抽看里面的内容。张阿毛觉得这小子又是一个当年的自己，看本书挑剔得什么似的——可是无论怎样精心，这些收集来的东西到最后只怕也逃不了往跳蚤市场上一堆，任凭他人挑拣。

那个师弟看了半天，突然说："师兄，这本书你也不要了？"

张阿毛侧头看过去，发现那是一本发黄的线装书，有段时间他特别喜欢读这种竖排的版本。他估计不是什么笔记文萃就是什么史料辑录，只点点头，随口说："这书挺好的，你既然识货，就留着看吧。"

那师弟笑看他一眼，再次问："你舍得？"

张阿毛见他笑得狡狯，就拿过来翻了翻。先看扉页，并没什么人题字留念之类——就算有他也照样送掉罢了；后来又往下看，发现书中一页上有个绛红的唇印，因为时间长，油脂在纸面上微微向四周渗透，已经有些变形。

他第一反应是把那张纸撕下来，却又不忍心亲手毁坏一本书——在学校待了十几年，人总该敬惜字纸。后来他对那师弟说："你要是喜欢，照样可以拿去看，我不要啦。"

到那天傍晚的时候，张阿毛的书连卖带送，也都处理得差不多了，眼前只剩下伶仃的几本。他随手翻一翻，多半是对大多数人来说过于冷僻的卷册，那本带着唇印的，想是那师弟终于没好意思带走；另外两本居然是高中时候那上下册的《飘》，当时觉得很不错的书，此时看起来算是印制粗糙的，怪不得没人要。

他微微叹口气，心里说声"再见"，就把这些剩下的书本一股脑卷在一起，随手送给在旁边等着收垃圾的校工。

这以后，日子过得越发飞快。6月30号那天，是老早就说好全班最后聚会的日子，学校附近的酒馆餐厅不用说处处人满为患。

张阿毛就自告奋勇去预订当天晚上全班同学聚会的酒席，又是研究菜谱，又是考虑大家的口味，还要考虑到把剩下的班费正好花光又不必超支——光这个就花费了半个下午。到晚上6点半，同学陆续来到包间里，就都一切齐备了。

虽然是分手在即，大家似乎都还很开心。也许这开心是强颜欢笑，也许这开心因为终于要开始上班而货真价实，谁知道呢。反正看来看去都是笑盈盈的模样，见不到紧锁的眉和愁闷的眼。有个调皮的家伙甚至刚落座就大呼小叫，说是"赴鸿门宴，喝断头酒"，很有些豪气干云的味道。人们热烈地碰杯，情绪激昂地欢歌笑语，而且语速和调门都格外兴奋，倒好像并非星散的辰光，而是别的什么好日子。

吃喝到中途，忽然有人说起以后见面不容易，不如轮流说点什么。大家纷纷赞成，就这么一个个说过来，很是热闹。到张阿毛的时候，他觉得实在没什么想法可供发表，就想交白卷。旁边几个人立刻开始起哄，最后变成大家一致要求，不许推脱。

张阿毛没奈何，只得随口议论，大意是：才来上大学时，万料不到四年会这么过去，也不知道以后如何；不过既然生活在此刻，抚今追昔或展望回顾均无价值，未若大家临了开心一场，"同杯且饮酒，余恨莫沾巾"。

他本意是敷衍几句交差，顺便给大家找个借口互相碰杯，一看周围神情，却发现气氛有些冷落，略一回味，知道自己说话过于实在，最后两句不小心犯了题。此时若再描补，显然无济于事，张阿毛就不再说什么，一口喝光面前的酒，将杯底往四面一照。

近旁一名女生拉拉他的袖子，说声："阿毛，慢点喝，那是白酒。"眼泪就跟着流下来。然后就看见一些泛红的眼睛和一些伤感的脸。

一屋子人欷歔叹息一阵，大家放弃掩饰和矜持，以不同的方式抒相同的情，最后似乎反倒轻松了。张阿毛不是健谈的人，也想不起该对同学说什么语重心长、言近意远的话，就一个一个跟大家碰杯，到最后散场的时候，已然喝到周身绵软。

他正想着出了这个房间门立刻回去睡觉，又听人提起香港回归的事，想起这样的盛典不可错过，就趴在别人肩膀上跟到大操场，去看学校准备好的实况转播；此后又坚持跟别的男同学一道把女同学送回宿舍，跟着大家把"再见"说得一唱三叹，才终于被人架回自己的房间，一头躺下，一睡就睡了一个晚上和大半个白天。

第三天上午是毕业典礼，他站在6月30号夜间观看香港交接仪式的地方观看自己的离去，感觉自己仍然如同病酒，心中脑中都是空空如也，只在模糊中认定校长每说一句话，他自己和这个学校的缘分又少了一分，离开的时间也逼得越来越紧。

等到校长说完最后一句话，他陡然觉得好像什么东西在刹那间发生了重大变化——就如观看仪式那天，他醉眼朦胧中恍惚看见电视大屏幕上的查尔斯王子雍容地起身，把头微微一点，再做个什么动作，电视里传来的语言立刻变了调子，仪式上的官方语言已经变成汉语，此后说的第一句"请坐下"连他这样几乎烂醉的人也听得清清楚楚，紧随其后的"please be seated"就只能算作翻译，世界从此跟以前很不一样了——张阿毛想，或许校长在这场典礼上的最后一句话，就标志着他已经在事实上脱离了这个地方。

从这时候起，关于他大学生活的所有时间应该戛然而止，在这里经历的事件从此成为传说。

身边的人潮水一样涌动，从他两旁分流之后复又聚合。张阿毛在当地站了一阵，最后发现除了几个人在那里拆走临时搭建起来的主席台之外，现场已经没有别人。

这次毕业典礼虽然因为学校礼堂正在修葺而转移到这个操场上来，但是它的效力和含义是一样的清晰逼人。

经过这么一个仪式，他再留在原地，已经非常不合时宜了。于是他抬腿就走。

他到宿舍拿起自己那简单的行李，对比他走得更晚的人说"再见"。他在宿舍楼的走道里，对照顾大家四年的楼长说"再见"。他对一路上遇到的人和物说"再见"。走到金碧辉煌的大门口，他对门里的风景说"再见"。

站在大门外的石狮子身边，他停下来，摩挲着狮子的头，迟疑片刻，终于对着大门说"再见"。

最后一声再见，不仅说给这个地方听，也说给时间听，也说给往事听。虽然对象众多，他却只说了一句，而且还很暧昧含糊，声音轻到几不可闻。

公司派来迎接他的车已经开到跟前，他无声地对着这个地方笑了一下，就此离开。

26. 我将老板"炒"了

新的生活从此开始了，毕业第二天，我已经在公司里上班。

在欢迎新员工的聚会上，我发现表情兴奋的除了我们这些刚刚正式参加工作的人，公司的领导们也是如此。姓孟的总裁对我们这批新来的人能够放弃暑假回家的机会早早上班给予了很高的评价。

他的话让我有些羞愧。虽然生命中的第一次总是容易令人重视，可我之所以不回家，和第一次上班没有特别关系。而且我相信工作如同学习，需要的不仅仅是一时热情，更重要的也许是热情褪去之后的冷静。

但是我们一开始就被巨大的热情包围着。建功立业的梦想存在于公司的首脑和很多员工心中；和我同一批去的人中间，很快有人也开始声明要干一番惊天动地的大事业。那个夏天让我觉得格外闷热，身边的高亢调子和外面的酷热天气正好彼此呼应，好像走到哪里都透不过气来似的。

毕业前，一些老师对公司背景的猜忌被证明是过于小心，事实上我们的投资人大有来历。但是，我渐渐对领导们的一些做法感到厌烦。光彩夺目的背景所意味着的强大后盾似乎也难以让他们放下心中的焦虑，在每天高强度的工作之余，他们喜欢召集大家开会到深夜，每次都反复讲述各种原则和规范，尤其是强调很多抽象的词，诸如"忠诚"和"牺牲"之类。

我不排斥抽象的话题，有时候也沉溺其中，但涉及到学习或工作，我希望从具体的细节入手。这些翻来覆去的品质或者说道德教育，让我开始怀疑他们企图洗脑，或者说帮助大家洗心革面。

这是一个两难命题。一方面，我认为这样多半是白费力气，连多年教育也未见得能够根本改变一个人的素质和最核心的东西，几番空谈能起到什么作用可想而知；另一方面，我也担心他们的做法侥幸成功，或者说不幸对我产生作用。我不想彻底改变自己。不管走到哪里，做什么工作，我都希望我还是我。

不是我一个人这样想。虽然我跟同去的人交往不算密切，但我能看出其中一些人也在私下商量什么事情。我不知道他们说的具体内容，但从他们的表情、目光和偶尔听到的个别字眼来看，我推测他们讨论的和我想的一样，只不过大家的表达方式有所区别。我习惯一个人无声地琢磨，无论大事小事都变成心事；他们更乐意彼此沟通。

当然这没有妨碍他们和我的关系。因为我们这一批刚到公司的人，除了两个是其他学校的，绝大多数是同一届毕业的校友——这个事实，在我们刚到公司的时候，被公司领导认为是幸运，后来则被他们认为是绝对的不幸。

我的校友们很快就私下联系我了。那时候我觉得自己已经很难再忍受下去，但我没想到他们已经策划好了一次行动。面对来找我的人，我感到很惭愧。此前我始终不大愿意和他接触，觉得他过于夸夸其谈，笑起来也是一副很不老实的模样。可是我在不满意的环境中，只能通过幻想来获得解脱；而他和我同时毕业，虽然年龄大一点点，却显得非常有主意，什么事情都胸有成竹。

那天晚上，这个叫李晓莞的人和我谈了很多内容，包括这个行动的全部计划和所有细节，以及大家可能面对的各种情形。后来吕雨辰、魏子侨和平时老嘻嘻哈哈的小姑娘周游也来了。我们几个人聊到半夜才散开。

一个星期之后，我们这批一起到公司上班的人，来了个集体大辞职。除了一名校友还愿意继续留下之外，其余的人都离开了。整个过程有点一波三折，但是在一天内也都解决了。最后大家一起走出公司的大门，在本应该上班的日子里到处闲逛。

那一天，是我们毕业两个月的日子，正是中秋节。那一天，也是我在不同的工作机构和场所之间游荡过程的开始。

毕业前，我曾经认为自己会在一个地方长期地工作下去，而且想象过在一个地方从最初上班一直服务到退休的情状。事实上，经历过第一份工作之后，我发现这不再可能。

我对长期为一个地方工作这种状态感到不满，该状态在事实上指向一个词语：忠诚。原先我对类似的词毫无感觉，既不喜欢也不厌恶。但是，从这个词及其相关含义被姓孟的中年人和他的同侪们在许多个深夜无数次反复强调之后，我在心理和生理上对它产生了超越我性格的强烈排斥。这是一个太热烈的词，不用看，只消听到它，我就觉得很不舒服。

在好几年里，对所谓"忠诚"的排斥一直是我更换工作的动力，也是我因为不停跳槽而提供给自己的一个自圆其说的解释。这中间，第一家公司曾经联系到我，说是需要交钱才能从他们手里赎回档案。这个可笑的插曲成了我和李晓莞等人又一次聚会的理由。事实上，从那次集体出走之后，我们就成了不错的朋友，或者说是难友；虽然不在一起上班，联系反倒比从前多了。谈笑中大家发现，面对那家公司在档案方面的要挟，此前我们虽然并没有商量，反馈回去的意思却几乎相同，大致是——你们留着当教材，认真学习吧。

那是我和我的第一个工作机构之间的最后一次联系。从那以后，我在职业和工作场所之间跳来跳去，不是因为被驱赶，而是因为自己想要离开，不可能停下来。

有时候辞职是因为老板或办公室里的同事让我在主观上喜欢不起来；有时候辞职是因为工作本身已不能再提供任何学习机会，它所能提供的新鲜感也因此消失殆尽；还有的时候，则因为另一种我从未接触过的工作对我产生了吸引力……

我的辞职和重新上班毫无规律可言，在少数情况下是无缝连接，从一个地方离开，立刻到一个新的环境里重新来过。更多的时候，中间存在一定的间隔。那就是我休息的好时光：在住处睡懒觉，或者，到处旅游。

但是，在睡懒觉和旅游的间隙，总有那么一些完全空白的时间，我不知道该做什么好。上班时少有闲暇，常常想找本什么书来看，真正赋闲了，一大堆书摆在眼前，却再也打不起精神去翻几页。一个人在熟悉或陌生的房间里坐和卧，偶尔到住处附近走几步路，身体日渐懒散，大脑却空前活跃。发呆和胡思乱想的习惯就这样不可避免地深入到我自动下岗之后的生活中了。

毕业前令我深恶痛绝的这些毛病，随着时光的流逝，反倒在不知不觉中慢慢演变成了我的癖好。很多次，从神思恍惚的状态中清醒过来，我都有一种感觉：当年的我正在被生活中的这些细微末节逐渐代替，也许每次以一个基本粒子或者一点皮肤碎屑为置换单位，然而改变日久天长进行下去，从前的"我"就渐渐幻化成现在的"我"了。

这到底是进步还是退化？我并不清楚。不过我已能感觉到自己的发呆本领日益增强，后来发展到无论上班还是业余，乃至随时随地，只要有什么东西触发，有时甚至毫无原由，我都会不自禁地沉浸到某种虚幻的状态中去，有时候还会在自己没有察觉的情况下开始自言自语。

27. 那些疯狂的日子

当生活意味着四处游荡的时候，我往来于不同的工作机构之间，也邂逅着不同的人。

因为回学校办事，我遇见了S。她年级比我低，按名分应该算是师妹，可是我们之间几乎可以忽略不计的年龄差异总让我觉得我们仿佛来自两代人。

这名小我一岁的美丽女子从一开始就表现得热情洋溢、富有好奇心。在她面前，我发现自己衰老、古板而且木讷。但是我不能阻止自己和一名年轻聪慧的人交往。

那段时间我们一到周末就见面。我请她吃饭，听她弹琴，陪她到学校里那些很幽静的小角落里转悠。不管做什么，S都很喜欢说话。我认为这是因为她喜欢交流和沟通，而我乐于保持沉默，听她讲述。来自S头脑和心灵中那些优美的想法和充满灵性的表达常常让我感到自己在这个世界上几乎多余，也许只有她和类似于她那样活力旺盛的年轻男女才是人们所需要的。

　　学校里有个被一架紫藤萝围绕的凉亭，是我们最爱去的地方。那一棵紫藤萝长得很茂盛，枝叶间缀满绽开的小花和含苞的蓓蕾，有人说它像一串天然的风铃，当年读过的冯钟璞散文则把它形容成一流瀑布。我更喜欢瀑布这种说法。这株植物与我面前的S一样活力旺盛。

　　那些美丽的花朵不同于受风力播弄的铃铛，它们开得很主动，它们在空间里渲染出的烂漫紫色，在藤蔓间活泼泼地流动。

　　虽然有很多人从这个凉亭边经过，却少有人驻足停留。看起来人人都很忙。有一天，S盯着往来的自行车，突然说："我喜欢你。"

　　我看了她一阵，后来说："别开玩笑。"

　　她微笑了，尔后认真地说："不，我没有开玩笑，我是真的喜欢你。"

　　我也笑了，说："追你的人那么多，个个都比我好，何必……"

　　她很干脆地打断我的话："可是我只喜欢你。"

　　也许她是认真的，但我仍禁不住哑然失笑。

　　这种下意识的反应让S不满。她有些不好意思，外加一点恼怒，却没有立刻发作，而是严肃地说："我考虑一段时间了，我确实只喜欢你。"

　　我说："喜欢不过是喜欢。"

　　她又笑："你少钻字眼，对我来说，喜欢就是爱。我喜欢你，我爱你。"

　　对于私人感情的这种流利圆熟的表达让我很佩服她的率真和勇气，

可我却不能做到像她的语气一样轻松自如。我停了片刻，说："仍然只是玩笑。"

她愤怒了："你……你到底有没有人性？"

这句话让我感到惊讶。S总是这样，说话直指人心，她问的问题正是我那段时间问过自己的，但我回答不了。我只能说："以前好像有过。"

她冷静地微笑，说："原来你还是有的，只不过搞丢了，那我就帮你找回来。"

最后一句话传到我耳朵里的时候，她的嘴唇已经封住了我的。

我没有问S善待我的理由。每个人都能拿出自己的理由，越是习惯独立判断的人能提供的理由往往越多。

在一些人看来，S不光喜欢独立判断，简直就是特别有主意的一个人。我相信她能说服飞鸟和石头。然而我们最后一次见面时，虽然就坐在那架容易引发多情人美妙联想的紫藤萝瀑布下，我仍觉得"喜欢"和"爱"之类的字眼听起来格外刺耳。所以，尽管S宽容地表示不介意保持联系，我也不再去找她。

此后我在一名大学同班女同学的生日聚会上碰到了女记者Z。那个小范围的聚会很快就偏离了主题。我那热心的女同学在毕业聚会的时候曾经劝我少喝一点酒，后来她去了一家电视台。我推测是媒体工作的职业病使她企图客串媒婆。

聚会的时候，我正处在自动下岗期间，言谈举止都比上班时放肆，说话比较直言不讳。我本来正和Z聊得开心，无意中发现女同学和她丈夫偷偷打量她的同学我以及她的同事Z。然后她的话就有意无意地把我和Z绑在一起。她丈夫开始看热闹，Z处之泰然。

我随口对同学说："也许你应该去山西生活，那里有个城市比较符合你的理想。"

我的女同学对这个提议很排斥。她笑说："凭什么要我去山西！我好不容易才挣扎着在北京立足，我容易吗我！"

她丈夫在一边窃笑。Z帮她指责我，说我真是天性凉薄，对自己同学也这么狠心。

我说："她既然想撮合同学跟同事，表明她希望天下大同。山西正好有大同这个地方。"

Z翻了翻白眼，大度地装作没听清我的话。同学笑着把话岔开，几天后她打电话说Z因为我的话而对我本人产生了兴趣，并建议我跟这位女记者交往，就当多个朋友。

Z再见到我，第一句话就问："你这个人怎么这么没礼貌？一点绅士风度也没有！上次才认识就那么不给人面子！我有什么地方得罪你了吗？"

我道歉说："我的矛头指向阴谋家，不小心捎上你了。"

她又问："你很傲慢？"

这个问题让我莫名其妙："我不俊、不富、不猛、不酷，好像没有傲慢的理由。"

然后她每次见面都向我提问，范围涉及个人历史上的一切话题。

我尽可能回答。我一向认同敬业精神。我自己上班时，宁可辞职也不敷衍，所以见到Z这样在私人时间也保持工作习惯的人，我肃然起敬。

Z后来对我进行分析和评价。她说："你很颓废，不过跟那些时髦的颓废不同。多数人拼命把自己打扮得呈颓废状，你的颓废发自内心，一点也不张扬。"

我同学转述给我的评论则是："她说你其实是一个心灵很丰满的人。表面冷漠，骨子里非常温柔和孩子气，而且绝顶聪明。"

这些不同来源的反馈让我觉得同样荒唐。再见到 Z 时，她微言大义地表示愿意永久地充当我生活的观察者。这一说法加重了我的荒谬感。

我说，对于我这样喜欢安静独处的人，观察或采访在本质上都是打扰，不可能持续太久。Z 因此从我的生活中消失。

后来，接替 Z 的是广告公司的 W。她第一次给我打电话，我愣了半天才想起大家在半个月前的一个展销会上认识，互换名片就道别；而她认为我应该从声音就听出来，所以她的话音里带着恼火。

我为自己的健忘抱歉，承认自己对不熟悉的嗓音反应迟钝。她回答说，大家多联系，就会越来越熟悉了。

我们的联系果然多起来。W 给我打电话越来越勤，时间一般不短。由于她下班比我早半个小时，回去又要经过我上班的地方，就开始到办公室里来找我了。一直热情探察彼此私人生活的同事们传言说，我又换了一个现代版的女朋友。但是我认为 W 也许更愿意从我这里拉到一些广告。

她果然很快就谈到这个话题，却总被我岔开。后来她几乎不再提了，但依然不断来找我。我经常希望，在我非得说明什么之前，上帝可以让她唾弃我。

然而 W 是一个坚韧的人。不光坚韧，而且机灵。

在她坚持拉我去一间酒吧里待了半天之后，我喝了几瓶她帮我要的 Sol，据说来自墨西哥，可我觉得这种带着西班牙名字或所谓拉美风情的时髦小啤酒跟水差不多；她要了一杯名字冗长华丽、也许有一定酒精度数的什么饮料，仪式繁复地喝了几个小口，接着宣布她已经喝到 high 了。

一开始我没听清，问了一声。她重复一遍，我点头表示理解，发现她的眼神有些迷离，话也多起来。

此后她不停地讲话，我偶尔说一句半句。她似乎喝得很尽兴，很快又要了第二杯。添加的饮料似乎也添加了她的醉意，说话更不需要遮拦。

"你不觉得我很迷人吗？"第二杯快喝完的时候，她瞟我一眼。

她省去答案的这个问句让我第一次迎着目光正视她。原来她的模样和装束都类似于流行报纸时尚版面上描写的那种"小精豆女孩"类型，乍看起来果然顺眼。

"你很自信。"我喝一口酒，赞许说。

"这说明你认可我的想法了。"她咯咯地笑，显出几分淘气。十点指甲在灯光下泛着油光。

"你很天真。"我看着她晃来晃去的足金大耳环说。也许她的耳垂和她本人一样坚韧。

"你是说我的样子，还是说我的想法？"W 问道。

我笑了笑，没有吭声。

"你好像……很腼腆耶！"她又笑，逼真地说了句港式普通话。

"你很可爱。"我也笑。

"那你会不会爱上我？"她开心地问，"告诉我，你会不会？"

我把目光投向窗外。夜色中，酒吧外面偶尔经过的行人被霓虹灯一照，看上去很假。

"别不好意思，我敢肯定，你是爱上我了。你这类型的男孩子，爱上女人是不好意思主动开口的……"她露出洞悉一切的表情，轻快地说，

"如果是，你就点点头……我，我会考虑的。"

　　她的嗓音柔软润滑，可是她说出来的话却是步步紧逼。我看她一眼，不想回答。

　　"你是男孩子中的胆小鬼，"她有些不耐烦，撇撇嘴，说的话连敲带激，"我就见不得这样肉的人……"

　　我以为W会一生气走开，如果是那样，我会感到至少是暂时的解脱——起码面前少个像她那样把成年男人称作"男孩子"的人。但是她没有，继续嘟囔着一些我越来越听不大明白的话。中心思想大抵错不了：她认为我很受吸引，而且她不打算拒绝；不过她需要我清楚地表白。

　　"你很弱智。"听她嘀咕半天，我认为她已经说得够多了，自己也脱口说了一句。

　　"你……"她脸上的笑意消失得很彻底，活泼的神气无影无踪，整个面容因愤怒而变形且失去光彩，粉底和眼影也盖不住岁月痕迹。

　　她不再是机灵可爱的"小精豆女孩"，却变成一个被生活打磨得憔悴、失色、陈旧的人，看上去比我至少老5岁。我内疚地想，这也许才是她真实的样子。但是她接下来的表现稀释了我心里的歉意。

　　"你这个自以为是的小王八蛋！毫无教养，人话都不会说！"过了片刻，她才想起语无伦次地进行报复，"你他妈的以为你是个什么东西！你瞅瞅你自己那副德行！我……"

　　我打断她的话："我很抱歉。"然后拎起外套，准备离开。

　　即使在咒骂的时候，W也是低声的，尽量显出是在跟客户谈生意的样子。等我站起来的时候，她却猛地尖叫一声："站住！"

　　周围的人纷纷把目光投过来，我迷惑地看着她，不知道她想做什么。

　　她脸色发红，又压低声音，咬牙切齿地对我说："你他妈的连账都不付就想溜了！总不能让老娘替你一个大男人买单吧！"

我几乎笑出来，见她在那里狠狠地瞪我，只好肃容招手让服务生过来。此后我跟着她一起出了酒吧。

虽然非常愤怒，W 仍不失为一个细心的人，知道告别的时候应该说点什么。在我替她拉开车门时，她把嘴巴凑近我的耳朵，柔声说："你丫就是一畜生。不出明天就会在大街上被车撞死。"

我说："你很喜剧。"

这是真心话。我的确认为 W 这样说话行事带有夸张色彩的人够得上喜剧。而且后来的生活证明人的类型之丰富超越想象，她们的确千姿百态。

然而认识我的人却习惯千篇一律地判断。只要看见异性和我走在一起，他们立刻就把对方当做我的女朋友或者情人，如果不是因为我的年龄，只怕还会以为是我的妻子。

我的那位好心的女同学听见传闻肯定不止一次，有一天她专门来电话劝我早点结婚算了，免得成为单身公害影响社会治安。

我说我才 23 岁。她说那你也不能老换女朋友啊。我说我根本没有谈恋爱，被人碰见的时候，往往是在随便聊天。但她分明不相信我的解释，取笑说，大家老看见不同的女人跟你在一起，看来你是一个"花心萝卜"。我说我不花呀，就算当萝卜也要实心，这样才符合职业道德。她说那就是女的主动来泡你了，反正你有问题。

我说，或许南方长出来的萝卜，适合做泡菜。

28. 原来你从未曾离开过

同学那次的劝说虽然以开玩笑告终，张阿毛还是很感谢她的。

她的电话让他想到以后在私人生活方面要更加注意一些，不能给人留下谈论的把柄。当然，他着重考虑的是展现在公众面前的私人生活。对于更加私密的活动，没人看得见，他不需要顾忌。

他这个年龄段的人，正处在一生精力最旺盛的时候，生活中可以没有爱，却不可以没有性。学校教育娇羞得虚伪，老师们一边坦然结婚生孩子，一边却把这方面的知识通通当做神秘可耻的现象，基本不加探讨。但是青年学子天生求知欲强，很多人早就利用各种机会自行摸索钻研了。至少张阿毛上大学的时候，不曾在同性别同学里发现一个半个对男女之事无知的小伙子。偶尔从宿舍里的卧谈片段听起来，一帮同人不是理论上的专家就是实践中的健将，俨然个个都是大师级人物，虽然不知真假虚实，好歹也表明大家没有被学校蒙骗成白痴。他记忆中比较深刻的是，大家为性工作者到底该私下从业还是公开挂牌争执了一个星期，涉及的问题有道德的、法律的、政治的和经济的。几个晚上讨论之后，一帮人最后达成四点有趣的共识：一是宪法保障人身自由，个人愿意用自己的身体进行不伤害他人的交易也应该受到保护；二是对性工作者进行上岗培训，灌输职业道德；三是发放执照，实行明码标价，省得黑店宰客；四是集中就业、划片经营，红灯区并非毫无用处。

后来想起这些胡言乱语，张阿毛有时会暗笑当时大家年少无知，什么都说得出来。但是他思想中却当真觉得买春好比买粮，只要是花自己合法挣来的钱，并无什么不妥。这总比打着谈恋爱的幌子，找个女的解决生理问题，不高兴就把对方一脚踢开要好得多。所以张阿毛生活账单上的各种费用还包括性支出。

而且他听见人们当众议论他在谈恋爱就感到不痛快。很多人说起"男朋友"、"女朋友"之类字眼的时候明显带有色情含义，影射被谈论者的私下活动，跟说黄段子一样获取口头快感——这样的聚众猥谈从前还只局限于男人，现在女性也加入进来，形势蔚为壮观。与其这样不分时间空间地意淫，何如在私人场合努力实践，旁人也落得耳根清净。

但他毕竟是一个血肉之躯，在遇上异性投怀送抱时实在做不到次次都如柳下惠。有一次他终于被一名热情的女同事挑逗得难以自制。

张阿毛以前只记住她是一名手脚麻利、头脑灵活的女子，并不曾细看她的容貌。两人共同负责一个项目，在工作上一直配合顺畅。那个秋天的晚上也不知为什么，他们加班加到火星四溅。

她总在偷偷打量他，让他纳闷自己虽然年轻却不算俊美的脸上是否有什么东西；后来她就借口看他电脑里的文件，走到他座椅背后，整个人几乎趴在他身上；而他也突然发现她原来拥有热辣的唇、流荡的眼和富于鼓动力的胸。

他双眼锁定电脑屏幕，暗中控制呼吸，企图隐忍过去，眼角的余光却发现她已看见他的一部分身体在耍流氓。她无声的微笑让他越发面红耳赤，他明白继续装聋作哑只会更显得虚伪。

张阿毛虽然不曾设想过跟工作伙伴发生此类纠葛，但到底不喜欢禁欲，因此他决定把配合领域临时从商业扩张到肉体，施展才华的空间也从办公桌转移到地毯。

不幸的是，合作过程中，对方说出一句话，令他立刻感到身体僵直，如同重伤的斗士一样翻身滚落。

那时候他已经失去了他自己，却被女同事一声低吟唤醒。她说："阿毛……我爱你……"

这一句私语和这一场偷欢同时产生在一个通常显得道貌岸然和一本正经的场所，它们对他来说都是不期而遇。然而后者让他感到如发横财，只觉触手成春；前者却如同一把不怀好意的剪刀，让他立刻失去兴致，进而变得畏缩。

"你怎么了？"对方见他忽地半途而废，等待片刻，奇怪地看他一眼。此前他们在工作上的配合从来都很圆满，未曾出现过失败。

"对不起。"他狼狈地小声说。

接下来他强打精神陪女同事吃了晚饭，独自回到住处，度过了一个不眠之夜。

他芜杂的想法从他的本家张爱玲开始。

与胡兰成诀别之际，这位不幸的奇女子说："我将只是萎谢了。"那时候，她预言了自己的将来，不光是感情上的，也是才情上的。

张爱玲的生命萎谢了。作为一个本身非常坚强的人，两种因素导致了她的萎谢，第一是背叛，第二才是情殇。她终于承受不住，萎谢了。人间从此在创造意义上失去了她。

张爱玲的萎谢值得同情，因为她是受害者。可是张阿毛却找不到有丝毫理由可以同情自己。没有背叛，没有弃绝，只是和平告别。他自己因此成了单身，如此而已。

他从未想到某一天自己也会与萎谢这个词发生关系。

可是为什么他的身体听见一句亲热的话立刻变得无能为力？是否它也觉得自己失恋并且形成某种障碍了？

这个敏感的身体，它真的很可怜，午夜仍然不眠的张阿毛昏头昏脑地想。在那些约定俗成的卖笑场所，它可以明目张胆地兴奋；在陌生的地方面对陌生的身体，它可以程序化地热情洋溢。但是它已经听不得感情丰富的话语。所以碰到一个逐渐熟悉起来的人，逐渐对它发生兴趣的时候，它反而临阵退缩。

一夜失眠让他发现自己虽然是男人，却比当年那位早慧的本家脆弱。

但是他后来有了更多的发现：先是发现自己才20出头，身体就开始在主动示爱的人面前萎谢，不知道以后会是什么光景；接下来发现那是因为它只想念一个人和她的身体。

张阿毛并不仇视自己的身体。他也是刚刚发现它具有两面性，既强硬又脆弱，似乎拥有的是一支同样带有双重性格的雄蕊。由于它和他想念的对象完全不可分割，他悲天悯人地原谅了它。然而他却没有因此获得宽慰。

一种被封闭了两年的情绪随着这个发现崭露头角，据说那是每个第一次遭遇情感挫折的男人都会面临的，只是发作时间、表达方式和严重程度有所区别。

张阿毛以前对这种情绪的存在嗤之以鼻，但他不得不承认，即使他这样自以为善于忘却和自控的人，结果还是躲不了、避不开。

他最后的发现让他感到天地间只剩下一片浓重的灰色。

"我将只是萎谢了。"张爱玲说，因为她发现原以为可以托付终身的人居然靠不住。那时候她27岁，说完这句话，她放弃了胡兰成和两人之间的一切瓜葛。

他发现他自己也萎谢了，身体的表现其实相当滞后。就在两年前那个春日的午后，他放弃了巫凤凰，放弃了一段关系，同时也放弃了自己。

那时候他将近 21 岁，他的生命从此开始萎谢却不自知。

29. 只能在梦中哭泣

那段时间张阿毛一直想找个机会哭一场。

他还记得有个晚上因为突如其来的冲动，曾经趴在寒冷的冰面上无声痛哭。

印象中那是他最后一次流泪。这几年过下来，他好像没有再哭过，既没有哭的原因，也没有哭的心情。

他已不记得眼泪流过皮肤的感觉，却知道那一定很畅快淋漓。

虽然他渴望被眼泪冲刷，却发现流泪变得很困难，纵然因势利导，也达不到想要的效果。他假装自己有一分伤感、两分难过还有三分忧郁和四分悲哀，可是心理暗示的功夫做足了十分，却配制不出半滴泪水。

他几次想利用打呵欠的机会哭出来，也专门吃辣椒来营造眼泪。然而这些时候眼睛里虽被强行挤出一点两点液体，却在瞬间风干，根本就汇不成滔滔之流，只剩下他无趣地坐着发呆。

他本不善于为情感掉泪。小时候可以转瞬之间又哭又笑，那只是把眼泪当做一种武器或手段，用来敷衍场面，对事情作个交待；后来学会在适当的场合貌似庄严悲痛地掉几滴鳄鱼的眼泪，也都是形势所迫——其实在这些时候，心里说不定在偷偷发笑。其余的情况下，即使有流泪的欲望，也会不由自主地皱眉收腹，或者打个呵欠遮掩过去，或者喟叹一声，把泪水变成气体吹走。恐怕正是这样，眼泪慢慢不再光顾了。

那些热辣的、带着盐分的液体，再也找不到踪迹，他的身体似乎不再具备产生这种东西的功能。即使在他想要违反自己的本性痛哭一场的时候，它也不肯再露面。

失望之余，张阿毛尴尬地认为自己正在变得越来越媚俗。

对于庸俗与脱俗之类的话题，人们可以提供很多答案。张阿毛通过自己流泪未遂的过程，发现了其中一种：凡是不恰当的、不协调的、不合适的东西都是庸俗，因为它们失去了分寸，反倒不自然。

有很多不自然的东西，由于各种原因，变得非常流行，但这不能改变它们庸俗的本质。就像眼泪一样。虽然眼泪在电视剧和煽情故事里比自来水还廉价，那里面的男人女人的双眼随时随地都可以变成滔滔奔流的泉眼，可是对于他，流泪其实在绝大多数时候都是不自然的。

除了尴尬，他也感到恼火。所有那些有幸得到眼泪滋润的物事，都成为他厌恶的对象。其中之一就是梦。

他经常梦见自己在哭。那些记不得具体内容的潜意识片段，因为频繁被带着体温的泪水浸泡，把他的梦乡变成水乡；醒来时却好像什么都不曾经历，睡梦中清晰分明的感受一见天光就如同泡沫一样化去，人仍旧是在干燥冰冷的北京，身体依然懒懒地横在被窝里，头脑里只是虚无和空白。

只有一次，他在枕头上找到一点残存的泪痕，然而它也很快就挥发得什么也不留。眼泪都在梦里白白浪费掉了，无声无息地倾泻，偷偷摸摸地流走，枕头也趁火打劫地吸纳了一部分。他的梦境和他的枕头一起阻挠他，不愿意给他留下一星半点眼泪，不允许他在清醒的时候爽快体验流泪的感觉。

这样狠毒冷淡的事情，三番五次地发生在这座城市里，所以张阿毛开始不喜欢这个地方。他知道自己总有一天要离开这里。如果不能在活着的时候顺当地离开，至少在死亡的时候终将离去，丝毫也不留恋。

然而尴尬和恼火也都是瞬间情绪，它们很快就过去，只让他进一步感到不甘心。他想违反自己的本性媚俗然而痛快地掉泪，他想哭得昏天黑地泪眼婆娑，但是遭到了无情的拒绝。他的眼泪似乎慢慢异化了，总在他浑然不觉、无知无识的时候偷偷露面，在他认为它真正应该出场的时候，却死活不登台。

这种状态持续了两个星期，张阿毛就称病请了一天假，关在房间里酝酿情绪。他想他一定要哭出来才罢休。

他一整天都坐在客厅里，想要全心全意而且很有专业精神地痛哭一次。虽然他花了不少时间虚构和假想各种悲剧情节，却发现收效甚微。

有时候鼻子里略有酸意，但是转瞬即逝，好像是一种错觉。有时候那一缕酸意在鼻腔里缠绵一阵，转折几下，几乎就要上攻到眼眶里变成激流，结果却在最后关头被弹回来，只落得打个喷嚏就草草收场。更多的时候，干脆一点动静都没有，他只能感觉到时间在过去，人越来越麻木。

为什么想要哭一场这么难呢？耗到天黑时，他看着镜子里那张木然的脸，劝对方说，你哭吧，哭吧，就像天已经塌下来那样绝望地哭一场，就像小时候有一次和镇上的小流氓打完架之后那样委屈地哭一场，就像最亲近的人已经死去那样悲痛地哭一场。但是那面孔依旧不动声色，不肯合作，甚至更见冷漠呆板；镜子里那双眼睛也干巴巴的，虽然有些失神，仍旧从镜子里痴痴呆呆地盯着他看——它们一点点同情心也没有。

张阿毛越看越不痛快，就打了镜子里那张脸一耳光。因为那张脸实际上代表自己，所以第一下动作夸张，落到实处却不自禁地变得非常轻微，结果就成了对自己的抚弄。

这让他彻底失去了耐心。这些日子积攒下来的所有恼怒和愤恨一齐爆发，让他气急败坏。因此他就认真瞄准，狠狠地打了那张脸一下。手掌和面颊撞击在一起，发出啪的一声脆响。手掌抢在面颊之前先感到疼，估计是被颧骨硌着了。

脸部皮肤因为血液被强行赶跑，一开始有些发白，后来血液又聚回来，却因为毛细血管破裂，淤积在表皮下面，慢慢透出鲜艳的红色；而且这一块皮肤也高高地肿胀起来，五道指痕简练地凸显在上面，如同底片上的手。这个血红写意的手掌轮廓让他想起武侠小说里的朱砂掌和如来佛镇压齐天大圣的五指山。

张阿毛发现打了一巴掌之后脸皮厚了不少，鉴于脸上有些热辣辣的感觉，就归因于热胀冷缩。

你也有今天，他看着镜子里的脸说，实际上你的下场已经注定了。

一股鲜血从鼻子里淌下来。他伸出舌头，及时接住它，吞进肚子里，一点一滴都没有让它白白溜走。流血让他有一点成就感，折腾一天因此没有完全白费时间和精力，总算有些什么东西在流淌，而且颜色比眼泪还要鲜艳。

他想，泪与血本来就是相关的东西。它们都是体液，它们都是暖流，它们都有味道。如果不能成功地找到泪的踪迹，那就用血来折算。后者是前者的替身。

那一注细细的流体，发源于他身体内部，经过很短的距离，滴落到他嘴里。

它是温热的、微咸的、潮湿的。虽然脸上还残留着疼痛和热辣的感觉，他却因为血液的分泌、释放和奔流，找到一点聊胜于无的慰藉，同时自嘲是用体液给皮肤做了一次局部淋浴。

30. 一把火，烧了二十年的回忆

"我现在离变态已经不远了。"那天晚上，张阿毛精疲力尽地出去吃饭。自斟自饮的时候，他回顾这空虚和无聊的一天，不禁有了这么个念头。

这个念头起初只让他一笑了之，可是却并没有像其他那些一闪即逝的念头一样就此湮灭。直到吃完饭，它还在脑子里盘桓。到他临睡觉的时候，它依旧在那里。这让他始终不能安然入眠。

他知道那不仅仅是玩笑，他真的出了问题。

在床上辗转了半天，他还是忍不住坐起来。他不明白，好好的他怎么就一步一步成了这个样子。他张阿毛怎么会是这样呢？怎么就发展到离变态不远了呢？

他再看看自己：眉毛和头发都毫无光泽。额头前面现出一些灰白的头发。眼睛不复是明亮的，眼睑底下有初生的眼袋——是一个枯槁憔悴的人。

从那次办公室的偷欢，到这时候不到一个月，人就成了这副光景。早知道那件事会让他想起这么多东西，那是杀了他也不肯去做的。但现在说什么都太晚。而且他其实心里也明白，该来的东西，迟早总归要来。真正的问题在于此前他太低估了它，也太高估了自己。

张阿毛记起身边仿佛带着一本照相簿子，就在屋里翻箱倒柜地找。几乎所有的东西都被他折腾了一遍，地板上很快摊满了书、软盘、碟片和沾满灰尘的塑料袋，平时总要精心熨烫的衬衫和裤子随后也被扔了满地。

他终于在一个衣柜的角落里找到了。那些照片被安插在一个大册子里，外面又套上一个纸盒子，和一些穿出了破洞的袜子、布料磨得起毛的内裤之类早该扔的东西纠缠在一起。也许他曾经有过把这些东西一起处理掉的念头，但究竟在什么时候，他却不记得。

他打开照相簿，看以前的自己。

最早的一张是婴儿期的。照片上的张阿毛好似捆扎好的花布包裹，姿势僵硬地坐在一个木盆里，头发扎成朝天辫，印堂点着朱砂，张开的嘴里没有一颗牙齿。那时候他是圆圆脸，胖乎乎的像是无锡产的泥人小阿福，裤子开着前裆，下面已经露点了还笑得理直气壮。

然后到了三四岁光景。他还是圆脸，胖得不那么夸张。开裆裤变成缩裆裤，骑着一张小板凳。眼睛虽好奇地朝着镜头看过来，脸上却仿佛有点羞色，由于微低着头，就没有留下正面全貌，是《芥子园画谱》里说的"八分面"。

接下来是上小学。场景从家里换到学校，他和一个想不起名字的同学站在一起，两双黑白分明的眼睛一起瞪着看照片的人，他自己抿着嘴笑；敦实的同学则嘻开了嘴，露出牙肉。两人都是白衬衣、蓝短裤、红领巾。

初中时候发生了大的变化。他的圆脸蛋和身体一起拉长，特征是尖下巴。哥哥紧紧搂着他的肩，又高又壮，好像白杨护着一棵芦苇。他脸上的微笑和身体一样单薄，笑容里夹杂着一点不耐烦，看身形也有挣扎的架势。

高中时候家里买了照相机，照片就多了。有吃饭时候照的，也有在河边玩时照的，还有看书时被家里人偷拍下来的。样子基本上定了型，都是容长脸面，身体健壮了不少。笑起来程度很轻，几乎是皮笑肉不笑；不笑的时候一副心平气和的样子，俨然是个小老头。

大学期间的照片没几张，跟巫凤凰的唯一一次合影居然也给留下来了。是在一个陌生的地方，周围全是陌生人，所以他大胆地搂着她。她很自然地微笑，眼神一半看镜头一半看他。他还是容长脸，比高中更壮实些，全身都在提供开心的线索。眼神舒畅，目光里流动着笑意；眉毛欣然，纹路里弥漫着笑纹；弯成弧线的薄嘴唇上也似乎点染着一抹笑的红晕。

那时候他20岁，虽然神情并不放肆和忘形，仍敛不住眉宇间春风得意，若想把当时的画面和心情翻译成文字，只怕找不到春风词笔。

上班以来他再也没照过相，什么照片也没留下。在毕业当天和这个晚上，中间隔着看不透的几年。心里的改变难以言表，镜子倒明晃晃映出一张孤拐脸，只怕是经历了圆形、三角形和长方形之后的最终章，超出了平面几何研究的范围。

身体上这样的变化，要经历怎样的过程才会造成呢，张阿毛以前不曾留心，当然是说不清楚。但他注意到面部的变化除了轮廓还有质地。憔悴倦怠取代了年轻人容光中应有的清明丰腴，把一张脸描绘得迷离黯淡，永远是一副风尘仆仆的样子。这张脸无论形状如何改变，果然脱不了晦暗的底色。

"我原来竟是颓废的。"张阿毛无奈地想。

他随后翻阅那些照片，比在赌博场上洗扑克牌还快。他的各种表情和年龄在手里哗哗作响，到动作停止，就是大学期间最后的画面。

这一过程简短得让他惊讶。二十多年的形态在片刻之间即可浏览一遍，原来一个人辛苦打发过去的那些成千上万的日子是如此不经看。如果用电影胶片那样每秒钟 24 帧的速度放过去，二十多年的照片也只是眼睛眨几下的光景。

然而那些照片和现在的人，究竟谁是真正的自己，谁是虚假的存在？或者他们都不是自己，只是生死路途中的一个短暂形式？他不能回答这些问题，只在照片里发现了时间路过的痕迹，它们清晰可辨。

无论那些不同年龄的张阿毛是真实还是幻象，他们都被时间冲洗而去。这是他找到的事实。他由此感受到了时间河流的存在。

然而生活不是《西游记》。他只是被急流挟裹着前行的肉体凡胎，并不曾渡水成佛，何况也没有接引佛祖，不应该有躯壳留下来。可是他却遗留了这么多不同面目的自己。

蛇蜕皮，蝉脱壳，张阿毛不知道自己究竟更接近前者还是后者。

但他知道他正在经过时间之河。肉身只是在照片中瞬间留影，真实的生命和身体却在逐渐磨损和折旧，看得见的线索很多，诸如头皮屑、掉下的毛发、皮肤上新添的刮痕及其缓慢愈合，还有更多线索根本看不见。

在新陈代谢的过程中，一个个不同的他都被埋葬。照片里的那些个他，也许不过是一个又一个尸体——流动的笑容已经凝固，轻松的表情变得僵硬，呈现出那些表情的那个人，正在一点一点死去，永远不可能复活。那些展示不同瞬间的照片因此显得虚伪和荒谬。

"我自己离此岸越来越远，距彼岸越来越近，这些照片不再有保存价值。"张阿毛想。他点着一支蜡烛，把那些照片都聚拢来，也懒得去撕，直接把它们一张一张完整地凑到火苗上。照片在烘烤中变色和扭曲，然后开始燃烧。

他看见自己的面容在火光里痉挛和抽搐，原本或愉悦或平静的模样渐渐变得伤痕累累，仿佛是被火苗中蕴涵的热情——也许应该是岁月本身——灼伤了。此前他没有闲心关注别人的痛苦，遑论观察他人痛苦的表情，这时候他推测那都是难看的，正如他自己的照片在燃烧过程中那样狰狞恐怖。

那些微笑和腼腆一起被火舌卷走，只留下几缕黑烟与他嘴里吐出的白色烟圈相互纠缠，最终归于无形。

二十多年的时间和故事在几支烟的工夫化作一把劫灰，最后散落到马桶里。只听得哗啦一声响，滚滚长江东逝水，立刻淘尽一切。

31. 我要娶第一个与我邂逅的女人

再这样下去，是不对的。

再这样下去是不对的。

当他意识到自己处境危险之后，张阿毛确认了自己的状况：一个

20 来岁的年轻人，春秋正盛，躯体完好；在受教育过程中获得了一点分辨和分析的能力，在长大过程中受到了一点感情挫折，在生活过程中学会了一些工作和挣钱的手段。

这样一个人，如果还想要活下去，应该过一种与年龄和背景相近的大多数人的正常生活。一种不免庸常但很正常的生活，一种表面枯燥乏味实则严肃认真的生活。

张阿毛决定放弃那些不能提供实际价值的内容，梳理自己的生活内容：工作要稳定下去，再不轻易跳槽；业余那些发呆、玄想和睡懒觉的时间都要用来做更有意义的事情，比如兼职、加班、考个什么证书之类。

但是他发现更重要的是他必须有个女朋友。因为跟他同时毕业的人几乎都有了。

大家一窝蜂地上学、毕业，努力工作，然后一窝蜂地找女朋友，最后再一窝蜂地结婚，这同样是属于大多数人的正常生活。因为大家都是一代人。

尤其是考虑到中国的男女比例，如果不在合适的时间抢购似的谈恋爱结婚，最后只好听着"老牛吃嫩草"的评论去勾引下一代人。

因此张阿毛发现，对他来说，要过上正常生活并没有太多难题，关键问题是找个女子谈恋爱结婚。他感觉到自己年纪慢慢大了，要想到了年龄就结婚，就应该花时间谈一谈恋爱。

但是，他和谁结婚？对方应该是什么样子、性格如何、教育程度高一点还是低一点、家世是否不可太好或太差？要是换了一个更精通世故的人，自可轻松地说找个"某某某老婆"那样的人就行；可他毕业几年来对女性的见识并不渊博，即使那位在电视台工作的女同学在家庭生活中究竟什么面目他也不得而知。轮到他认真考虑婚姻恋爱问题，连一个可以类比的具体对象也难发现。

这是一个现实主义的问题。但是他缺乏解决的手段，又不能容忍自己去参加电视征婚或厚着脸皮找人介绍。后来张阿毛就诉诸浪漫主义。

那段时间他正好在网上断断续续地重读《格林兄弟童话》，发现其中之一讲到了处理终身大事的一个法子——

"明天早上，你必须嫁给第一个走过你窗前的男人。"在这个题为《画眉嘴国王》的故事里，老国王对公主咆哮说。

在公主无休止的挑剔之后，老国王下了命令，她的婚姻顿时变得冒险而又可行了。此前那些让她看花了眼的国王、王子和别的什么人，再不会聚集起来让她品题和挑拣，成为她的丈夫只需达到一个标准：在黎明时分，第一个走过她的窗前。

　　谁第一个走过你的窗前，就和你结婚。

这实际上把婚姻变成了惩罚，虽然由于一切都出自老国王的计策而使该童话拥有幸福结局。

这个童话提供的解决方案简洁锋利，非常有效，令张阿毛大受启发。鉴于他的居所周围以中老年人居多，而且为了增强现实性，他想参加一次青年男女比较集中的舞会，并对解决方案作了修订："谁第一个与我邂逅，我就和她结婚。"

去参加一次舞会，和遇见的第一名女子结婚。

这不是惩罚。在这件事上，没有人有资格惩罚他，他也没有理由惩罚自己。既然他已准备谈恋爱结婚，却找不到合适人选，干脆就碰运气赌一场，来个投色子抓阄，把该结的婚结了，该生的孩子生下来。

他也想看看，如果存在所谓命运，这个怪物将给他发一张什么样的牌。他有能力接纳和忍受任何人。

那时已临近西方人发明、在北京也过得很热闹的圣诞节。张阿毛决定去某所大学，进一间舞厅，然后实现他的愿望。

他去了离住处最近的一所大学。在循声找到的第一处舞会外面，他逡巡一阵，抽完一根烟，掀开棉帘子，走进那个喧闹的场所。

但是他整个晚上都没有跳舞。

他一进去就发现了一张空椅子。有人刚从上面离开，他坐上去时还能感觉到陌生人身体留下的余温。不知道那人是男是女，处在什么年龄，是起来跳舞还是就此出了舞厅？

这个谜题还在脑子里转，他同时又意识到自己在和自己开一个很大的玩笑。舞厅里的空气浑浊、闷热，令人昏睡，但这个念头让他清醒：没有人能保证用浪漫主义的手段解决现实主义的问题而不出麻烦。他不知道这个玩笑将会带来什么后果，他将为此付出多大代价。

他有些想回家了，但对于一个酝酿了一段时间的行动，就这样放弃显然不妥，起码需要一点自圆其说的交待。否则他会从此瞧不起自己。

于是张阿毛闭上眼睛，坐在那张靠墙的椅子上，一动不动。

在一个人口密度很大的地方，谁也不遇见的法子有好几种，比较省心的一种是安静待着，不去发现别人也不让人发现。更妙的是舞厅里光线黯淡。

他不知道自己什么时候睡着的。醒来的时候，感觉只过了一瞬，依旧是人流旋转，彩灯明灭。时间却已过了一个多小时。

张阿毛打个呵欠，决定回家。这时候他注意到邻座的一个人。

暗影中虽然看不真切，仍能感觉到那人在好奇地打量他。对方显然也注意到了他的发现，更刻意掩饰了些，但这掩饰本身也显得欲盖弥彰。灯光闪烁之间，他发现了那面目模糊的女子嘴角边清晰闪过的笑容。

"你笑什么，"他随口问，但立刻感觉到自己口气过于冷淡，又追问一句，"能不能告诉我？"

"我第一次见人专门到舞会上来睡觉。"陌生女子说。

"因为我很累了。"他伸个懒腰说。

"那你怎么不回家？"那人说。

"因为我现在又不累了。"他笑道。

"无聊。"对方把头转到一边。

张阿毛起身，来到那女子面前，想仔细看清楚准女朋友的模样，嘴里说："能不能请你……"

她温和地打断他："Sorry，我跳累了，不想再跳。"

"理解，"他从容道，"但我不打算请你跳舞，实际上我根本不会。"

"那你要干什么？"她的面目仍看不清楚。

"这里面太闷，我想请你一起出去透透气，然后吃冰淇淋，聊天。"

"大冬天吃冰淇淋？"她笑，"我又没发疯！"

但她终于跟他一起出去了，也在他之前就消灭了自己那份冰淇淋，并解释说女人天生就是吃冰淇淋的专家，男人在这方面必须甘拜下风。

在路灯光下，这个名叫苏敏的女子看起来温婉可人。张阿毛觉得自己手气很好。

32. 不能"我爱你"，只能"对不起"

这是一场不透明的恋爱。

据说大多数恋人都会一起反复追忆和探讨发生在他们之间的那些故事，仔细盘点情节中的开端、发展、高潮、结局（如果有幸善终的话），并要深入到某个细枝末节，确定一些具有标志性的日子，作为二人情感里程的某种半官方钦定文本。

也许这样做是应该的，那些经历终究是属于两个人的共同财富，对它们的分析可以体现、总结和发扬两个人的团队精神，把一段关系照耀得通透明亮。

然而除了偶然有一次回忆起邂逅的情景，苏敏和我没有再探讨当时为什么彼此相逢，也没有琢磨和表白当时的心理活动，更没有就此对那些细微的心态追加评点和感慨。似乎只是萍水相逢，似乎原本命中注定，谁也说不清楚，干脆就不去研究了。

事情听起来非常简单：她到邻校去探访一个朋友不遇，顺便进那里的舞会瞧热闹；那个晚上我正好闯了进去，而她最后正好坐到了我旁边。

"纯属巧合。"她说。看起来她对这样的巧合并不排斥，虽然她很少跳舞。

那是她在我们唯一一次提到交往初期时发表的评论，她甚至没有想到嘲笑我处心积虑、千方百计地勾引她（尽管事实也许正是如此），而传奇或影视里的女主角这种时候往往会娇嗔地提醒对方占了大便宜并应珍惜成果。

我们的生活中行动多过交谈。一起看电影，进餐厅，逛商场，参加某些聚会。这时候我们都在一起，但话都不多。她在大学上课，估计对着学生话也说得够了；而我是天性中疏于言辞。

更重要的是，我们好像没有彼此了解和窥探个人历史的强烈欲望。我很关注的是她和我交往时的状态：在教室里她是一名刚入行的老师，温和耐心，希望把本职工作完成得好一些；在住处她是一名善于管理生活的女性，在照料人和操持家务方面很有天分。

或许她曾下意识地想要更多地了解我。然而这并不容易。我不乐于回忆往事。所以她只旁敲侧击了一次，以后就放弃了努力。放弃对彼此的深入了解，实际上也意味着放弃大量的闲谈，但这不妨碍我们相处融洽。

《天仙配》里唱的生活诚然是简单的，我已经忘记什么时候听过这个黄梅戏段子，但还记得其中两句："你挑水来我做饭；你织布来我耕田。"

苏敏和我的生活其实很接近那戏文的描述：一个人做饭，另一个人洗碗；一个人看电视，另一个人看书报；一个人收拾床铺和衣物，另一个人清理房间和垃圾。没有明确的分工，似乎角色是根据性别自然划分的。有时候我认为我们的关系更接近一个彼此需要和依赖的互助组或合作社，当然涉及的内容远不止这些。

我不会忘记买她喜欢的《广播电视报》。她从学校图书馆借我想要的书。我每星期送她一束花。她在我犯懒时去买烟买酒。我建议她怎么拾掇顽皮学生。她提醒我不要在办公室政治中变得冷酷。我为她按摩。她给我洗脸。我吻她。她抱我……大家心照不宣且齐心协力地推动小日子往下进行。

我们共处的时候类似于一对沉默的动物，更善于通过视觉、听觉、味觉、嗅觉和触觉来交流和打发时间，语言只在需要起承转合的时刻提纲挈领地出现。

　　但我确凿无疑地相信：她是爱我的。

　　一起生活以来，她多半很快乐，我的面孔也从先前清瘦憔悴的模样恢复了一点血色，脸颊丰润不少。

　　认识将近一年后，我们开始为结婚作准备了。

　　我吻她的时候，顺便把一只戒指戴在她手上。

　　"你是在向我求婚吗？"她愣了一下，说。

　　"你认为呢？"我笑道。

　　"这与我想象的场景太不一样。"她低垂着眼帘，反复摩挲戒指。她的表情既像无奈又像嘲讽，却不知指向谁。

　　"生活经常无法想象，"我说，"它需要简洁。"

　　"偷偷摸摸加先斩后奏，"她抬头看我，微笑说，"这就是你的求婚。"

　　"是。"我说。

　　"你是一个与众不同的人，我一直爱你。但这件事我需要考虑，"她抚摸我的手，温和地说，"我感到有些突然。"

　　"我理解。"我说。

　　那些时候我们始终住在一起，每天都见面，但整整一星期没再提这件事。

　　下一个周末的中午，苏敏像往常一样叫醒我。我仍旧是赖床半天之后才肯起身，她仍旧是边看电视边等我起来吃饭。但我发现她的神情举止比往常更接近一名治家有方的女主人。

　　"如果我接受它，你以后会怎样对我？"吃饭的时候，女主人晃了晃她右手的无名指。戒指的反光让她更显得容光焕发。

"我会遵守三大原则。"我说。

"具体是什么？"她问。

"物质方面：薪水全部上交；精神方面：绝不喜新厌旧；肉体方面：抵制外来诱惑。"我回答。

"还有呢？"

"你可以提要求。"我说。

"还有五条纪律：不许再抽烟酗酒熬夜；不许对我不好；不许不打招呼就不回家；不许心里想着别人；不许不负责任……"苏敏即使装凶相，目光也仍是柔和的，"否则看我怎么收拾你！"

"加起来是八条戒律，"我笑道，"跟猪八戒差不多。"

"你就是猪。"她说。

"好吧，我是猪。"

"我喜欢猪。"她擦干净嘴唇，吻我的腮帮子，然后继续吃饭。

随后一阵子，我们频繁去各大商场转悠。

审阅我开列的购物清单时，苏敏说其实大都是浪费钱财，没有必要的。我说反正只结一次婚。这个理由说服了她，她容忍了我随心所欲、兴之所至的购买，虽然她在学校里教财务会计，具有控制成本的职业习惯。

很快我们的住处堆满了各种新东西，它们散发着新鲜的气味，形状和轮廓看起来讨人喜欢又略显陌生。正如小时候的新衣服暗示新年到来，这些物品也似乎提醒某种全新的生活模式即将开始。

处在这些新东西的包围之中，苏敏经常露出温和、满意的笑容。我也像小时候眼看春节临近那样心情愉快。

有一天半夜我突然醒来，发现自己一个人躺着，她不在身边。一线灯光封住门缝，卧室里仍是晦暗，所有物品模样狰狞。

她抱膝坐在客厅地板上，头也埋在臂弯里。那张她精心挑选的、色泽和花纹都带有宗教气息的地毯，衬着她的黑色内衣和披散的头发，让她显得像个通灵的女巫。

我梦游一样站在卧室门口，半晌才想起叫她："苏敏。"

她应该听见了我开门的声音，至少也听见了我叫她，却没有反应。我在她身边坐下，搂着她，不知道该说什么。

很久以后，她才抬头看我。

因为睡眠不足，她的脸色苍白，眼睑底下微微浮肿，脖子上还残留着红色吻痕。但她的神情仍是温和的，虽然明显带着一点讽刺和伤感。

"你没事吧。"我担心地问。

她笑了，双手捧着我的脸，我们的眼睛因此而直视。

"我倒没事，有事的是你。"她说。

"没明白。"我说。

"你又哭了。"她说。

"哭？"

"在梦中哭，又不停地说梦话。"她说。

"我什么都不记得了，"我实话实说，"你都听见什么了？"

"我也是醒了以后才听见几个音节，"她说，"不懂你在说什么。"

"我经常这样吗？"我问她。

"在一起之后，我听见过不下十次。"她放开我，坐到沙发上。

"估计是梦见小时候挨打了。"我半躺在地毯上，头枕着她的腿，仰脸看她，希望她能开心一点。

她笑了一下："看来你经常挨打。"

"就是。"我正要继续说，但看见她难过的神色，就改口了，"说真的，我猜我是梦见了从前的一些事情。"

"过几个月就要结婚了，你还在想。"苏敏苦笑道。

"我白天从来没想过了，真的，"我说，"在认识你之前就不想了。"

"所以你就改在梦里想。"她说。

"我也不愿意这样。"我坐起来，说。

"我这样说是有些没道理，"她又笑了一下，"不过，我要问你一个问题。你不要回避。"

"你问。"我说。

"阿毛，我爱你。我是真的爱你的。但你真的爱我吗？你敢肯定吗？"

"是的。"

"这样回答有些投机取巧。"苏敏说，"以前我想你会慢慢忘记那些事，现在我不太敢相信了。"

"梦和现实，有区别。"我干巴巴地说。

"我没有权利干涉你做什么梦，"她说，"现在我们都是清醒的，那你就在现实中对我说一句'我爱你'，给我一点信心。"

"苏敏。"我咽了口唾沫。

"你从没对我说过。现在，哪怕是假话，也言不由衷地说一句吧。"苏敏看着我说。

灯光下她的神色非常平静，就像面对一名不听话的学生一样循循善诱。虽然她并不是基督徒，但她流露的宽容与慈和仍然令我惭愧。

她只希望我对她说三个字：我爱你。

是的，"我爱你"是情人世界里的三字经，是婚恋生活里的润滑剂，是双方内心感情的中心思想，是我们彼此在乎的根本。因此，在已经谈婚论嫁的当口，苏敏有权利要求我对她说，而且应该极其温柔极其真诚地说："我爱你"。

我希望可以流畅地对她说出那句话，它包含的三个字一直在我脑子里和嘴边打着转，却很难出来。那时候我发现我始终不曾对任何人说过，即使开玩笑也没有说过。

我犹豫了半天，憋了半天，还是难以说出口。

"我爱你"，英语是"I love you"，都是简简单单的三个字，同样包含明亮的单元音和灿烂的双元音，也都带着一点咬牙切齿或者点到为止的辅音，在速度很快的情况下，只要轻轻吹口气就可以从唇边平滑艳丽地溜出来，但是我却感觉非常辛苦。

在她冷静的凝视下，我觉得上颚发麻，舌头僵直，牙齿酸疼，嘴唇干燥，不能发出任何音节。我羞愧得脸都红了。

苏敏叹口气，说："不要强求。"然后她起身，回到卧室里。我则坐在她刚坐过的沙发上，继续发呆。

天亮之后，苏敏开始整理东西。我发现她收拾的都是她最早带来的那些东西，没有一件是我们在一起之后买的。

"你要去哪里？"我问。

"回学校宿舍。"她说，"回去等你，等到你能够问心无愧地说出这三个字的时候，再去找我。或者，如果你认为这件事确实构成折磨，那我应该寻找可以对我说这句话的人。"

她给了我一个星期。

一个星期之后，我对苏敏说了另外三个字——对不起。

33. 哪里才有忘忧果

苏敏离开当天，张阿毛的生活又回到了起点。也就是说，他发现他仍然面临着将近一年前的问题。

那时候，他在百无聊赖中企图制造眼泪，后来又通过焚烧照片来给自己举行葬礼。他原以为这样就足以应付。

这期间他认识苏敏并开始谈毕业之后第一场恋爱，他在办公室生涯里取得了一些进展，他发呆和胡思乱想的时间日益减少，他越来越关注物质世界里的各种细微末节。他苦心孤诣地经营他自己的生活。没想到结果仍然是——不管用。

他又长大一岁，却还是待在原来的那个位置上。那是一年前的位置，当时他觉得生活是一片穿不透的灰色；再往前追溯，时间应该定格在毕业那年的一个春日。从那天起，他就被敲定在那个位置上。但是他却不知道。

那一天，阳光明媚，染柳烟浓。他面带微笑漠视春日风物，不在乎天地间的温暖和轻逸，却不知道这些美妙感受从此就会离去。那一天他所处的环境十分幽静，耳边却仿佛听见呛啷啷一声巨响，然后是梆子、锣鼓、胡琴、唢呐……百音齐发。恍然有一出华丽的戏剧在乐声中落幕，又似乎两扇朱漆大门在弦歌中寂然关闭，而他只是眼睁睁看着，不知道自己注定已是不快乐的剧中人，已然被时间当做一颗钉子，牢固地钉在尾声里，从此不能自拔。

那一天他说过一些自认为应该说的话，做过一些自认为应该做的事，不知道它们对他和他的生活会有什么样的影响；即使模糊预感到影响的可能性，也不知道这影响到底如何深广和久远。

那一天他认为缠绵不去的低靡情绪是属于别人的东西，他自己和他的生活都可以被完美地控制：从身体到情绪到其他内容。他只需要昏睡一场即可打发很多事情，大醉一次即可删除很多细节。

那一天他还不满21岁，温和、冷静、决绝，却不知道秋后算账原来是颠扑不破的真理，也不知道时间自有它的逻辑，拖欠情绪比拖欠账目更来得复杂。账目只是一个数字，一笔一画白纸黑字写在账簿子里，即使碰到高利贷、驴打滚，拖一段时间之后该是几分几厘也还能算出眉目。然而拖欠的情绪会演变出什么结果？它由于被忽视而成功地隐藏起来，并不因此就静止不动，变成化石或尘埃。也许它慢慢腐烂或风化，那是极少数幸运的情形；然而大多数时候它如同某种慢性疾病，不为人知地产生，默默地蔓延和深入，暗中积蓄力量，在五脏六腑里攻城夺池，直到在某个微妙的时刻陡然发作，此时人却多半已病入膏肓。

在苏敏离开他的那个星期，张阿毛接连想了七天，不得不承认自己犯了至少两个错误，但都与一件事有关。

三年前他真心觉得自己可以不受任何事情的影响，此时理智地推敲起来，这个想法若要成立，必须存在一个假设：他是超人。但张阿毛从来都知道他只是一个卑微的普通人。所以他认为当时所犯的逻辑和行为错误导致症状加重，只能说老天爷很公平。

一年前他犯的错误是采用三十六计之"走为上"，碰到棘手的处境掉头就跑，企图以恋爱结婚作为逃避。当然这符合他在毕业之后养成的偷懒和投机取巧的习惯。然而即使真正的医国神手，也难做到挖肉补疮。何况他原本就谈不上手段高明。

虽然他曾经千方百计不想正视和承认，但他到底回避不了：从那个春天开始，他一直处在对巫凤凰的思念中。这思念虚幻而执著，并不因为他的百般抵赖而消失，反倒如同附骨之蛆。白天它让他做什么都兴味索然，夜晚它主宰他的梦境。

"过分压抑自己的人，在感情上脱不了虚伪、虚浮和虚荣，结果虚火上炎——你迟早会生病。"这是毕业前的一个晚上，隔壁哥们卫熙说的原话。因为有些新鲜，张阿毛一直记得。那时候他觉得对方在胡说，现在他认为这话是对的。

他已经生病了，还病得不轻。

除了对她的思念本身乱人心神，增添更多麻烦的，还有他始终拒绝接纳的各种记忆。

存在这样一些人：他们欣赏和玩味自己的记忆，愿意沉溺其中，甚至顾影自怜。但是张阿毛没有这样的福分。

对于他，记忆不是某种可供赏玩的东西，记忆它张牙舞爪，杀伤力极强。它带着过去的时间里沉淀下来的所有危险因素，一出来就要毁灭现在。记忆是他和他当前生活的天敌。

也许他太敏感，而且还太夸张，以至一定要承受这些压迫，这些来自记忆的种种压迫。可是，谁又能对他说"能不能别这样敏感"或者"振作一点"。这些说法提到的内容都是他想要做到的，但是他自己无能为力。对别人来说也许非常轻松的某些事情，对他而言就无比艰难。

他试图把记忆关起来，但是应该关在什么地方呢。世间本没有这样的监狱。自身的经历也证明一切努力完全白费。他只祈求遗忘。

但凡哪里有真正的忘忧果，他一定会倾其所有地前去寻求，只要它能让他忘记关于巫凤凰的一切。如果真的存在忘川这么一条河流，他希望知道它的所在，即使不能精确到经度和纬度，能够得知一个模糊的位置、甚至只要听说它的方向也好。

思念让他回忆，记忆加深思念。二者构成一场愈演愈烈的恶性循环。

所以张阿毛认为自己得了并发症。当他向苏敏道歉的时候，他在事实上确认并承认了重病缠身的一大后果——他本人在感情上已经彻底失声。

然而他的烦恼并不因为确诊而有所减少，困扰他的两重因素仍然存在。它们一有机会就发作，甚至随时随地提醒他它们的存在，给他带来酸楚和阵痛，如同天阴就发作的关节炎，看样子永远也不可能治好。

34. 忧伤是你们对我的误解

人的疾病虽表现出不同症状，更像是一种由此及彼的过程。有些人是身体先感到难受，然后精神烦躁；有些人是精神不振，接着才是身体不适——最终都表现为表里如一、全面彻底的虚弱无力。张阿毛属于后者。

他的身体似乎和精神有着微妙的感应，突然就开始捣蛋。连膝盖也似乎变得敏感起来。半夜枯坐的时候，要是忘了用毯子保暖，膝盖上的皮肤表面很快就会长出一个一个小肿块，红红白白的，如同突然从海面冒出来的火山岛，却没有半分热度，只感到冰冷的刺痒。这种现象让他怀疑自己的身体和潜意识串通好了，有预谋地发明出了关节炎。

但这还不是全部。那段时间他总觉得不舒服，不得不频繁请假。

低烧缠绵不去、周身绵软、夜间盗汗，吃饭毫无胃口，而且又开始犯失眠的老毛病。可是认真到医院检查，又瞧不出什么毛病来。

张阿毛觉得自己就像一台年久失修的机器，虽是没发现损伤在哪里，那损伤却一定是存在的。但在一切确定之前，他还得在工作和业余时间勉力运转，因为那是他全部的生活。

相对于他的沉默，其他那些年龄相当的办公室同事就开朗活泼得多。在他看来，他们即使东家长西家短地议论人，那也代表一种活力和健旺，堪称优点。

有时候他们会在闲谈中议论和猜测关于他的一些事情。他多半能听见一句半句，但通常也装没听见，更懒得有任何反应。

"阿毛真是一个很复杂的人，他笑起来很孩子气，有时候却又很忧郁的样子。"议论到最后，他们往往只能得出这样模棱两可的结论。这些话风一样从身边吹过去，虽然是一阵接一阵地吹，但终究是耳边风。

有个同事有段时间喜欢找他倾诉苦闷，理由和毕业前卫熙说的一样：他认为张阿毛不会传话。那人反反复复说了很多次，张阿毛却没有太明白他的问题在哪里，甚至没搞清楚对方究竟都说了些什么。他发现这是因为自己很难认真倾听别人的事情了，也许生活中还会出现很多个卫熙，他却不是当年的张阿毛。

"你好像是……处在一种忧伤里。"有一天，倾诉者酣畅淋漓地宣泄一通，又试探着说。

这似乎是一个惯例。人们找别人倾诉，然后，出于心理上的平衡，或者不想让人觉得自己过于自私，也希望找个由头让倾听者倾诉点什么，由此达到形式上的公平。当然也有可能是出于某种安全方面的考虑，两个人互相倾诉，彼此置换些许小秘密，从而非常对等地既担心又放心。

张阿毛不清楚他的这名同事出于何种心态说起这句话。他可以被动地承受他人的倾诉，却没兴趣跟任何人讨论自己，只是借坡下驴地附和道："也许吧，我自己是不知道了。"他甚至显出一种非常迷惘的神态，低声背诵了某本无中生有的书里一个故意煽情的句子，"唯一可以让我信赖的，只有无边无际、伸手可触、但是却牢不可破的忧伤。"

不过，这些背后的议论和当面的询问，到底还是对他起了一点作用。偶尔他也试图居高临下地看自己，究竟是处在一种什么样的状态里面。

但是他知道自己的感觉绝对不是忧伤，虽然一些人这样认为。

忧伤是非常具体的情绪。比如一个人的亲友生病将死，争奈回天乏术，一切药物治得了病却治不了命，他难免会感到渗透内心却清晰具体的忧伤。但他知道这一情绪的来龙去脉和前因后果，他也知道这种情绪可能在心里盘桓的时间，更知道可以在什么样的场合对什么样的人适当地流露或者干脆深自敛藏。

忧伤也是一种有分寸的情绪，它只是局部而且轻微地触动一个人。当事人肯定知道哪里出了问题，而且可以选择干脆利落地控制或是适度地沉溺。如果选择了前者，他可以轻易控制这种情绪；即使他想略微放纵自己，也可以做到收发自如地走神，举重若轻地迷失，如同人对着镜子或溪水暂时忘我，不会到达不可收拾的程度。

忧伤好比一只完整的鸡蛋，在热水里略煮片刻，洗剥得洁净娇嫩的白身子在粉堆里打一个滚，面上敷了薄薄一层淡妆，具有一种可以审视的精致优美。这样的美，是可以算计出来的，它的每一个环节都可以经过从容不迫的推敲拿捏。

说他忧伤，纯粹是对他的误解。

他的状态是：他不知道自己到底有什么毛病，只觉得中心和边缘已经颠倒，甚至干脆就没有了所谓中心和边缘，身心都成了一锅糨糊，本人无时无刻不感到麻木且神智不清，颠三倒四却又无能为力，一切的思维和行动都只交给本能和惯性去支配。

这种状态所代表的情绪，完全笼罩了他。他感到自己是处在一个含糊却无尽头的梦中，那里没有清晰可辨的内容；他也只是像梦境中的人一样，通过某种奇异的方式，领略到了梦境本身呈现的所有微妙细碎的片段和过程，但却无从分析、归纳或言说。

他觉得这样的情绪很难确切地命名，但它纠缠他，困扰他，贯穿他的身心，深入到他生活的表皮和内核。他对这种无以名状的情绪既厌恶又难以抗拒。

35. 哀莫大于心死

和所有人一样，张阿毛知道自己是一个集合了世间许多矛盾的人。弱小和强大、愚钝和聪明、卑微和骄傲……这些对立的因素汇总在他身上，在荒谬中达到平衡。

他还是非常胆小怯弱的，也许这与从小听了太多鬼故事有关。但他又摆脱不了性格中的倔犟成分。

就如他小时候非常怕黑，可是哪怕已经被黑暗中的某件物事吓得毛发直竖，身体发软，也非要过去把那东西仔细看个清楚，知道究竟是什么把自己吓成这样，才能够甘心。

也许更准确地说，从孩提时代起，他就习惯了要弄明白一切因果。

此时他正面对一种无法表达的情绪，一种不可描述的状态，然而那只是结果。他希望找出他变成这样的原因。虽然他也曾简明扼要地劝慰自己，认为这只是对一个人的思念，加上记忆在作怪。但他知道事情远没有这么简单。

真正的原因总是潜伏在最明显然而又最容易被忽略过去的地方，那就是导致他如此困惑的根源所在。它似乎就在他舌尖和嘴边，一开口就可以滚将出来；又似乎就明晃晃地待在两间心室的一间里面，一伸手就可以抓住。然而它又格外不可捉摸和变化多端，眼看就要水落石出，忽地又显得形容缥缈。

他需要那个原因，正如他需要明白面临的结果。破译前者，才可以解释后者。

他的生活变得像是捉迷藏。他看不透的那些东西蒙住他的双眼，而那个播弄着他的因素却藏在不可知的地方。他不知道这一过程将要持续多久，只能肯定难度很大。因为这实际上是一场他和他自己的游戏。

在这一场游戏结束之前，他只能继续当前的状态：百无聊赖地睡觉、吃饭、上班、消遣，似乎什么都在做，又似乎什么都没有做，整个人完全成了一个消极的客体。

有一天，他在临睡前的阅读中翻看几篇以前没读过的巴尔扎克小说，其中一个题为《萨拉辛》的故事吸引了他。

那一段发生在激情四溢的雕塑家和鱼目混珠的阉人歌手之间的虚幻爱情具有丰富的宗教内涵和神话色彩，让他想起《圣经》中关于皮格马利翁的传说，他细致地读下去，直到那些暴烈的情感和疯狂的句子在耳边嗡嗡作响。

"一颗女人的心,对我来说,是个避难所,是个家。……我惋惜的不是我的刚猛的血气,也不是我的生命,而是我的未来,我的情感的情况。……爱,被爱!今后,对于我,是无意义的词了……"雕塑家萨拉辛喊道,"我在记忆里将永远留有这绝世的……女怪,它……在其他一切女人身上标出这样一个印记:不完美。"

"爱不复存在了!我对一切快乐,一切人类的情感,都无感觉了。"说完这话,萨拉辛准备报复欺骗他的阉人歌手、美貌压倒众多女人的赞比内拉,却被红衣主教的人杀死。

这个精巧的悲剧故事带有巴尔扎克一贯的浮华风格,那些冗长闷热的对白依然非常煽情,但是只因为其中一句话,张阿毛不由自主对这篇小说反复把玩。

"你在我心里把世间所有女人全灭绝了!"萨拉辛大叫。

这句话,即使在他关了台灯、闭上双眼之后,也仍然在空气中闪闪发光。

"你在我心里把世间所有女人全灭绝了。"他不禁把这16个字念诵一遍,感到自己完全能够体察艺术家当时的心情。

虽然这个不幸的法国人是在对一个虚伪狡诈的阉人咆哮,而他只是低声自语,中间又隔着虚构与真实的区别、还有几百年的时间距离,但两个性格差异很大的人,内心深处,却充盈着同样的绝望。

这句写在小说中的话,如同黑暗中的火苗,它出现之际,照亮了一小片空间,也让身在其中却浑然不觉的人发现了黑暗无边无际的存在。

瞬息之间,他理解了自己的处境。

发生在他和巫凤凰之间的那些言语和行为,那些由此产生的思念和记忆，甚至包括巫凤凰这个人本身——她是否美貌如昔、她目前存在与否，其实都不算最重要。

但是和她的一段曲折关系，曾经如同空气、阳光和水一样自然地贯注在他生命中的那段关系，却对他形成了真正的破坏。那个春天，他和她成为陌路，然而故事远没有结束。分离只是开始。

她曾经存在于他的生命中，然后又从他生命中消失。这一来一去，从开始到终止，构成一个段落，两个端点分别可以标注上确切的日期；总体来看，来去也只得一个回合。然而这个事实本身，却如同一把生锈的钝刀，来来复去去，对他构成一场旷日持久的切割。

S、W、Z还有苏敏，以及别的那些女子，细看来不过是抹在创口上的作料，糅合了各种滋味和感觉，产生不同的刺激或麻醉，兴许还制造了更多他自己都没有觉察到的可能性——除了爱。

在他心中，从那个春日之后，天下女子皆已死去。

一起死去的，还有他的爱。

如同地底下的潜流找到了出口，立刻就会喷涌而出。张阿毛既然发现了原因，果然也明白了缠绕他的那种情绪是什么，因为它就开门见山地摆在鼻子底下，仿佛终于摆脱制约的激流，正在浩浩荡荡席卷过来。

以前他曾经下意识地用各种方式否认、回避和躲闪一切有可能激发它的因素，甚至略有感觉时也要拼命转移注意力去加以遗忘。但是此刻他知道自己已没有退路也无从反抗，何况这也是他自己想尽办法搜求来的结果。在它面前，他不得不采取任何一个平凡人都必须采取的方式：体验和忍受。

他的发现如同一根锋利冰冷、带着毛刺的竹签子，立刻破体而入，戳穿了他的身躯和心脏，他只觉得整个身心都在眨眼间被戳出了两个对穿的窟窿，就像所有那些注定要被竹签子扎穿的田螺。然而那并不是最剧烈和最可怕的地方，真正厉害的后手还没有完全出现。

接下来，他终于领略到一只田螺所能感受到的最悲惨的感觉——整个身体和心灵都在震撼和动荡中与原来提供保护的一层外壳分家，每一个点、每一条线和每一个面都在经历似乎永无结束之期的撕裂和剥离，这样一种三维、立体、全方位的感受从所有的角度侵袭，沿着每一根神经末梢闪电般涌过来，无论是蜷缩还是伸展都无济于事，唯一的选择只有一种：在变得麻木或死去之前，被动地承受那一种鲜明尖锐、铺天盖地的感觉。

36. 我被"痛苦"这个网罩住

由于受到的冲击突如其来且过于强大，张阿毛一开始有些措手不及，随即就从惊慌中恢复过来，在被迫忍受的同时感到委屈和气愤。

千奇百怪的人在生活中因为千奇百怪的事情感受到类似的痛苦，他们的反应则未必雷同：有人幸运地摆脱它的控制，就像成功地从身上揭下一块狗皮膏药一样，当然需要损失一点时间、一些皮肤的碎片和几根汗毛，以后也因此有了对付它的经验；也有人被它的声势吓得逆来顺受进而形成依赖，把痛苦当零食吃，最后发现自己已然成为它的主食。

痛苦如同感冒，可以只是一场小病也可以要人的小命，虽然结果有异，可是当它第一次光降，受难者的反应却差不多：惊慌之后是委屈，最后变成气愤。

张阿毛的惊慌在于以前他很少经历这样旗帜鲜明的痛苦。

在情绪上，他倒是常常遭遇猪油蒙心似的郁闷或脑子进水般的迷糊，那都被他视为精神例假，估计受月亮之外的另一个不知名天体的影响；但他从来没有体验过清晰尖锐、生动泼辣的痛苦。

他的身体对痛苦略有一些了解，却说不上丰富。小时候左邻右舍的孩子和他哥哥经常被当家长的打得乱跑乱叫，他却连重话也没受过几句，父母倒还常说他是个老实孩子，理由是他不像哥哥那样喜欢争东西，也不调皮捣蛋惹是生非；上学期间他经常运动但并不痴迷，很注意保护自己；他在别的事情上同样细心，身上连男性多见的、由于行为毛躁而蹭伤、擦伤和剐伤留下的瘢痕也很少。排除家庭体罚、运动损伤和意外事故，他不多的几次肉体痛苦主要来源于生病、打针和打架。

他的个人历史决定了他在精神和肉体上对痛苦的双重陌生，所以当他第一次邂逅这样不留情面的痛苦，这种同时对身心产生作用的剧烈痛苦，他就像当年第一次被父母呵斥一样，立刻感到慌乱不安，呼吸的节奏和血液的流速都因此发生变化。

等到这惊慌过去，委屈浮出水面。小时候他挨训之后的委屈多半是：爸爸妈妈不喜欢我——光是这个想法就足以让五岁之前的他大哭一场。而作为成年人，他的委屈在于这种痛苦的表现方式和它所达到的程度：心脏强烈收缩到几乎要变成碎片，好似在准备进行一场聚变或裂变；脑袋里像有虫子边跑边咬；身体一阵阵哆嗦，即使躺在床上也止不住发抖。

这样的反应超过了他此前在书本或生活中见识过的一切因为痛苦而表现出来的症候，他感到他所遭遇的痛苦有些没轻没重、缺乏分寸，因此有一种由于受到不公平对待而理直气壮的委屈。

这种仿佛有文火在身体里细细烧炙却由于丧失水分、活性而流不出眼泪的感觉，和小孩子撒娇时的干哭一样，很自然地刺激悲痛者本人，让他觉得表达手段不够多样化，空间不够充分和自由，因而一切慌乱和委屈都不被赏识，最后只好臻于悲愤。

张阿毛的愤恨有双重来历，其一是恼羞成怒，其二是觉得自己的痛苦或许是命运对个体进行随机实验的产物，不具有普遍性。他甚至像一个逻辑混乱的人那样离题万里地想：凭什么要让我——而不是别人——遭遇这样深重的痛苦？

这个想法足够愚蠢和荒谬，还隐含着推卸责任的意思，所以他立刻放弃。但是它又提醒了他。他决定就这痛苦本身进行思考。既然痛苦在折磨他，他就应该研究它。他不希望它就这样持续下去，也不想看到它变成某种周期性发作却难以对付的顽症。

他的年龄和阅历使他可以毫不费力地在纸上罗列出思维的必经之路。要获得最后的解决方案，在理论上，他必须先回答更多的问题，步步清除障碍，直到接近核心。

这些问题是：我是谁？这一生从何而来，归于何处？我这一生有什么经历，痛苦占主要地位还是次要地位？这痛苦来源于什么，有哪些因素在增加或减少我的痛苦？是否我一个人才遭受到痛苦，别人怎样处理？我将如何去有效应对？

前两个问题他略微想一想就跳过去了。没有一名普通人能告诉自己"我是谁"，如果非要深究，大概有两种可能：或者失陷于脱离现实的玄想中，在内心世界里重新建立起属于自己的时空，从此不能返回到外部世界；或者幸运地找到一个自己满意却惊世骇俗的答案。然而这两种可能性都会极大地改变一个人的生活，因为胆小而习惯于墨守陈规的社会将给处在这两种不同状态中的人提供同样荒谬的标签：疯子。

关于来历和归宿的问题虽然等而下之，但要解答它必须以弄清楚"我是谁"为前提。不知道"是什么"，当然也不可能真正知道"为什么"和"怎么样"。张阿毛不打算被当做疯子，所以他只能应付着推测："我被命名为张阿毛，外表独一无二，赖以活动的血肉、经脉和骨骼却跟所有人毫无二致。我正被从一个端点推向另一个端点，因此不得不具体地踯躅于一个抽象的旅途上，它包括无知觉中的构造和有知觉中的毁灭，旅途的一端是前者的结束后者的开始，另一端是后者的结束前者的开始，世人分别叫它们'生'和'死'。"

他把对这两个问题的看法当做公理来使用，借助它们理解接下来的问题。第三个问题既然是"这一生"而不是前生和来生，立刻就缩小了范围，变得具体了。

他回顾自己二十来年的经历，发现自己大多数时候是幸福的，至少拥有一段具备幸福表象的生活。小时候他一直过着平静清淡的日子。他父亲是治安员，又开着一家私人酒厂，母亲经营的裁缝铺子生意也很好，在小镇上可算家底殷实。父母不光照管一家人有饭吃，有衣穿，还经常会买些新鲜玩意哄两个孩子，零花钱也给得大方。他甚至连掉眼泪的机会也很少有，要是他什么时候哭一声，父母和哥哥立刻会又劝又哄。有次他在后院的菜园里看太阳落山看得泪汪汪，一家人围着他问，他自己怕遭笑话不肯说，急得另外三个人团团转。他不记得这样的童年少年生活中还有什么不满意的，何况他似乎是天生就容易满足的一个人。他后来的经历同样顺当而平淡。刚上学时闹不明白自己读的是什么东西，坐在教室里三心二意，父母由于看不到指望也不施加压力；

初中时他突然间就开了窍，对书本内容越来越感兴趣，在整个中学几年里成了老师的得意门生，接下来又进了想上的大学。毕业初期他虽然有些摸不着门，一年后就发现上班比上学更不费心，换工作变得跟换衣服一样容易，跳槽的同时薪水一路看涨。

到目前为止，他的痛苦只有一件，那就是他正在承受的，因此痛苦在他前面二十多年的生活中属于少数派——但也不能就此推论说痛苦永远是少数，起码他不能确定以后还可能遭遇到什么样的苦难。

对于他当前的痛苦的来源，他认为是因为突然发现自己丧失了爱的能力，变成了一个空心人。当然这只是最主要的原因，也许还有更微妙的成分：对当年轻率举止的自责、第一次没能成功做好看重的事情而产生的挫败感、此前缺乏体验因而初次面对痛苦没有足够的心理准备……所有这些实际上无法确切统计的因素在一起添油加醋、煽风点火，把一堆分论点组合成中心论点，使他感到自己的痛苦基础扎实、在逻辑上经得起验证，因此也让他体验得更真切更没有回旋余地。

它给予他的感觉可以被概括为"锥心刺骨"。

生活经验已经告诉他，人人都要遭受痛苦，也许只是原因、程度和时间上存在差别；他的经历也帮助他确认这一点：他自认为是欲望很少、缺乏争竞之心的人，尚且避免不了痛苦，·他人的痛苦比他应该只多不少。

面对痛苦，流行的疗法是"忍"和"忘"。前者是承认现实，还有一句俗语"人生不如意事十之八九"作为旁证，也许就是叫人知道大家都是如此，因而感到慰藉；后者只是自我欺骗，一个事实不会因为某人假装记不起就不存在，忘记不等于抹杀，所以即使成功的遗忘也非常短暂，最后事实还会占据上风。此外也有人故作放达或洒脱，同样都是掩饰，痛苦不会因为一个人不把它放在眼里就放过对方，什么样的把戏对它都是无能为力。它到来，人们承受。

当他把所有问题都考虑过来之后，张阿毛感到非常失败。就常规情况来讲，他同样难以找到能够有效对付痛苦的手段。

面对那折磨他身心的东西，他似乎成了一个容器，一段路径，一方舞台。它控制他，主导他的情绪和感觉，然而他只能被动地忍受它，等待它过去。因为他也只是一个人，一个很普通的人，所以就必然要遭遇虽然具体方式和面目有所区别、但本质却相似的痛苦，那也正是其他人都要遭受的。

这就是"天网恢恢，疏而不漏"。事实上那张网一直就罩在他头顶，随时准备兜住他的灵魂，只等他意识到它的存在和威力，然后才由隐变显，一点一点收紧。

没有人可以逃脱。

37. 两次自杀

痛苦让张阿毛的无奈很快演变成仇恨。

他知道，其实要想不感受痛苦，并非真的一点办法没有。解决办法简单而极端，其中一个是：不要被生下来。

他已经被生下来，所以他的仇恨立刻指向几千里之外他的双亲。他们对他关心得无微不至，但是他们既然强行把他从永恒的沉睡中唤醒，此后的抚育和爱护无非是让他在尽可能健全完整的情况下遭受痛苦的全面摧残，加强事情的悲剧效果。

他感受到的痛苦越剧烈，对父母的仇恨越强烈。他想，即使他能够原谅他们生下他，也不能原谅他们在赋予他敏感心灵的同时却忘记赋予他爽快发泄的能力，以至于他明明在遭受折磨，也只能外表平静而沉默地感受这一切煎熬。

他的仇恨同时也扩展到所有那些男女身上。那些人在不同的地方走来走去，虽然表面上一本正经，说到底他们的本质不过是以各种名义互相勾搭，其中的大多数人最终免不了要在一起不负责任地制造孩子，再然后生下来。他们为了自己的愿望生养孩子，孩子或许是他们的寄托，或许是他们达到某种目的的手段，但是却要为此承受人生的痛苦；然而他们竟然不知道这是在犯罪和草菅人命，反倒因此扬扬得意。

但是张阿毛的仇恨虽然指向包括他自己在内的所有人，虽然他感到自己的仇恨非常理直气壮，却无助于减轻或抹杀他感受到的痛苦。只要他和痛苦并存而不失去知觉，痛苦对他的伤害就得以维持。

既然他已经不能改变被生下来这个事实，只剩下另一个可行的办法：不要继续存在。著名的幻想家卡尔·马克思在这方面提供了理论依据：肉体的疼痛或可减少精神的痛苦。张阿毛据此推论出肉体的完全消灭必将导致精神折磨的终结。中国古代的三十六计只用四个字来概括这一内容：釜底抽薪。

这个想法如同天启，让他觉得生活立刻又有了一个确定无疑的中心，再度变得性感、美丽和明朗。它给他正在遭受的痛苦划出一道边界，而此前当他只知道忍受时却以为痛苦必然无穷无尽。

菩萨洞的民间传说声称人在自杀之前往往需要一套仪式，有的还借助于某些道具达成自己的愿望：比如一些人穿红衣服上吊，以便死后成为厉鬼作祟。

张阿毛的愿望是变成无知无识的尘埃，连鬼都不要当。所以他不需要任何经营，只在有一天下班后，照常吃饭、洗澡，然后用剃须刀片在脉管上划了一下。

房间里暖气充足，浴缸里的水温在40度左右，身体泡在里面很舒服。他的手腕看起来洁白无瑕，安静而又略带紧张地等待刀片的切割，宛如处女等待第一次进入。锋刃与手腕完全垂直，使刀片在灯光下的投影就只是皮肤上的一条细线。当它和这影子重合、并深入到皮肤和血脉内部之后，一个红色的句号将开始画出来，句号画完之时，就是他此生的结束，更准确地说，应该是死亡过程的结束。他希望不要有来生。

刀片飞快地掠过皮肤，在浴室地板上发出叮的一响。一道红线从手腕上冒出来，游到浴缸的热水里，然后扩散；他清晰地感受到了豁口处皮肤的颤动。

包围着他的热水逐渐改变颜色，他觉得自己的身体放松而温软。闭上眼睛，他似乎能看见精力和灵魂正以无比曼妙的姿势游离他的身体，鼻子一下一下呼出浑浊的"生"，吸入芳香的"死"。

自杀如此销魂，而且，不用付费。

略微让他感到美中不足的是，手腕上有点轻微的刺痛；此外，先前像海参一样漂浮在水中的阴茎不知为什么像珊瑚一样挺立——考虑到这是他此生的最后一夜，他原谅了那家伙的失态。

陷入昏睡之前，他告诉自己：死亡是红色的，很温暖。

但是他却在寒冷的感觉中苏醒过来。身体浸泡在刺骨的水里，已冻得发青；胳膊搭在浴缸边沿，手腕上的伤口已基本凝结，只有一点稀薄透明的液体向外渗透。地板上却到处都是血点子。

张阿毛叹口气，正在纳闷自己到底是滚刀肉还是粘液质的人，接下来却连打几个喷嚏。他赶紧扯下浴巾擦干身上的水，跳上床。第二天早上仍然按时起来，继续上班。

一个星期后，公司宣布提前完成近期目标，他和项目组同事在办公楼附近聚会一场，共同庆贺。几个人玩到夜阑人散，才各自回家。

当天正是周末。往常他一般会蒙头大睡两天，除了吃东西，其余时间都在床上度过。但他希望自己在这个周末睡着之后不要再醒过来，因为即使已经喝了那么多酒，听一起消遣的人说了那么多逗乐的话，他仍然清楚地感觉到缠绕着他的痛苦没有减少半分。

每一天都是过去的单调重复，每一天睁开眼，他就会感受到痛苦。他已经受够了，活腻了。

月光从窗户透进来，和灯光一起照着床头的书和药瓶。书和药。他已经对这两样东西形成依赖：看书打发时间，吃药才能入睡。他决定这天晚上是最后一次看书和吃药了，以后既不需要看书也不需要吃药。所以他把一瓶药片全吞下去，强忍着恶心，躺到床上，信手从书堆里抽出一本，最后一次进行临睡前的阅读。

从这个月夜开始，他将永睡不醒，如同月光下的恩底弥昂。

那本书是泰戈尔的诗集，里面全是短小隽永的句子。他喜欢泰戈尔，只觉得如果生活真的如这个人说的那样简单甜美，倒也是好事。谁知道他最后一次读到的书，竟会出自这个南亚人之手。

他翻了几页，感到眼皮越来越沉，打算再看一眼就睡觉，这时候他读到了曾经读过、却已经忘怀的一句。

就像他确切地知道自己即将死去一样，他敢肯定这个句子是读过的，它在这个特殊的时刻再度出现在他面前，如同对故人的回忆出现在临终者的脑海里——它既是对他短暂生命的总结，也是对他所作所为的认可。

这个句子让他在告别这个世界前相信：冥冥中自有天数。

"我将死了又死，以明白生是无穷无尽的。"泰戈尔写道。

"这是命，"张阿毛想，"上天安排我自杀两次。"

他把书扔到一边，闭上眼睛。从这一刻起，睡眠与死亡将合二为一。

朦胧中仿佛有一个蓝色的隧道笼罩着他，他只觉得身体轻捷虚幻，离那个隧道的入口越来越近。他已经可以看见从隧道那头传来的另一个世界的光亮。无须别人提醒，他已经知道，这就是他在寻找的死亡。它原来是蓝色的。

但是他却始终难以靠近它，甚至想伸手触摸它也很困难。它看上去近在咫尺，却又如此遥远，而且还开始急速转动，转得他头晕眼花，一阵接一阵地烦躁。

没等他完全恢复神智，呕吐物已经到处都是，还散发着浓烈的药味和酒气。

张阿毛狼狈地看着污浊的房间，不得不承认自己是天底下最不走运的自杀者。他前后折腾两个回合，非但不能得偿所愿，却总是搞得一片狼藉，外加重感冒和强烈反胃各一次，手腕上还留了个蜈蚣一样丑陋的伤疤。

睡觉前读的那个句子再想起来就成了尖刻的讽刺，它的真正含义似乎是预言他必定失败。尤其让人不平衡的是，那么多人在毫无准备的情况下莫名其妙地死去，他这样处心积虑地想杀死自己，反倒不能得逞。

经过这两次倒霉的遭遇，先前对他充满诱惑的自杀行为现在已经彻底失去吸引力。那是一个肮脏的游戏，它让他感到厌倦。

38. 生活开始出现阳光

自杀出乎意料地变成玩笑，还带有反讽色彩。不过张阿毛很快发现，他的痛苦也随着这玩笑的结束而消散，如同被笑声葬送的性高潮。

这痛苦猝然抽离，在他还没有心理准备的时候就走得干干净净，不剩下一点一滴，他反倒有些不大习惯——就像火灾之后的废墟，虽然好不容易摆脱烈火焚烧，检点剩下的断壁残垣和几缕烟尘，不免觉得与其守着空虚冷寂度日，还不如继续那轰轰烈烈的折磨。然而这只是一厢情愿，去者不可追，他认为自己已然被摧毁殆尽。

从外面看，他仍是一个结构完好、功能健全、行动自如的人；他自己却觉得似乎每一个细胞都彼此分离，灵与肉的联系被什么东西切断，是一个非常松散脆弱的存在，如同被传说中的天火焚烧过一般，乍看上去并无特殊之处，只要遭遇到外力，瞬息之间就会分崩离析，散落成一地时间之灰，再也聚不起来。

但是一个月过去、两个月过去，他始终没有再出现大的变化，却逐渐觉得生活有滋有味了。冬天已经过去大半，他堆过了几个雪人，在寒冷的天气里热乎乎地吃北方人发明的涮羊肉，也还专门到郊区泡了两次温泉。

这些从前听起来琐碎无聊的事情，他做起来很投入，好像突然间就转了性子，在跟人闲聊时，甚至连春天应该玩什么和去哪里玩也都开始规划起来。

作为旁观者，我们并不容易判断张阿毛究竟处在什么样的状态里。他工作仍然慢悠悠地带着点懒散却从不耽误进度，跟人说话依旧是温和礼貌中保持一点距离，听到什么逗乐的话还会忍不住露出孩子一样有点淘气的笑容。我们可以发现的一些新情况是：他很少再读书和发呆，越来越多的时间花在电子游戏、上网聊天以及卡拉 OK 一类的事情上；赶巧了还能看见他在大街上围观泼妇、恶棍之类的角色进行口舌或拳脚比拼，跟看电影一样兴致勃勃，全然不似从前皱眉退避的情状。

不光他这个人多了些活气，他的住处也活泼了些，不再是坟墓一样死气沉沉、无声无息。只要他在家，房子里往往会传出肥皂剧特有的那种漫画式的劝说、独白或者哭诉，接二连三地进行格式化的抒情，要不就是剧烈打斗和厮杀。如果电视没开，听到的动静很有可能是流行歌手们带来的，他们通过他的音响发出各种各样的声音，从那些声音推测起来，有的人正在害风火牙疼，有的人被狠狠掐住了脖子，也有的人边蹲马桶边学叫床。

在这些时候，我们会观察到张阿毛笑吟吟地欣赏所有的画面和声音，和从前看书一样津津有味，要是他把声音开太大，偶尔还会有邻居来敲门。

虽然我们不能据此认为他喜欢所有这一切东西，却也可以根据他下意识的一些举动发现他的偏好。比如说，他经常顺手拿到莫文蔚的唱片，有时候一放就是一晚上。

盛夏的果实

也许放弃才能靠近你

不再见你你才会把我记起

时间累积这盛夏的果实

回忆里寂寞的香气

我要试着离开你不要再想你

虽然这并不是我本意

你曾说过会永远爱我

也许承诺不过因为没把握

别用沉默再去掩饰什么

当结果是那么赤裸裸

以为你会说什么才会离开我

你只是转过头不看我

不要刻意说你还爱我

当看清潮起潮落只要你记得我

你曾说过会永远爱我

也许承诺不过证明没把握

不用难过不用掩饰什么

当结果是那么赤裸裸

其实不必说什么才能离开我

起码那些经过属于我

也许放弃才能靠近你

不再见你你才会把我记起

时间累积这盛夏的果实

回忆里爱情的香气

我以为不留痕迹思念却满溢

或许这代表了我的心

不要刻意说你还爱我

当看清潮起潮落只要你记得我

如果你会梦见我请你再抱紧我

午夜前的十分钟

寂寞仿佛夜车偷偷出发

寻找你的温柔我的依靠

眉头心头世界尽头

想你的旅程反复不休

不到终点不能回头

午夜前的十分钟天显得十分空

一个人的房屋算不算很孤独

思念原来像天空覆盖我的举动

记住你的行踪忘记我的初衷

放纵记忆像铁路越拉越长

沿着你的气味虚构我的方向不能自己

你的温柔敲碎我那坚强伪装

寂寞仿佛夜车就要出发

爱是孤单车厢唯一乘客

越过风雨越过霓虹

不要言语不要形容

只要我的终点你的臂弯

寂寞仿佛夜车偷偷出发

寻找你的温柔我的依靠

眉头心头世界尽头

想你的旅程反复不休

不到终点不能回头

阴天

阴天在不开灯的房间

当所有思绪都一点点沉淀

爱情究竟是精神鸦片

还是世纪末的无聊消遣

香烟盒成一摊光圈

和他的照片就摆在手边

傻傻两个人笑得多甜

开始总是分分钟都妙不可言

谁都以为热情它永不会减

除了激情褪去后的一点点倦

也许像谁说过的贪得无厌

活该应了谁说的不知检点

总之那几年

感性赢了理性那一面

阴天在不开灯的房间

当所有思绪都一点点沉淀

爱恨情欲里的疑点盲点

呼之欲出那么明显

女孩通通让到一边

这歌里的细微末节就算都体验

若想真明白真要好几年

回想那一天喧闹的喜宴

耳边响起的究竟是序曲或完结篇

感情不就是你情我愿

最好爱恨扯平两不相欠

感情说穿了一人挣脱的一人去捡

男人大可不必百口莫辩

女人实在无须楚楚可怜

总之那几年你们两个没有缘

阴天在不开灯的房间

当所有思绪都一点点沉淀

爱情究竟是精神鸦片

还是世纪末的无聊消遣

香烟盒成一摊光圈

和他的照片就摆在手边

傻傻两个人笑得多甜

傻傻两个人笑得多甜

  吃饭的时候、熬夜上网聊天的时候，或者整个周末白天黑夜地玩电脑游戏的时候，张阿毛无意中就听熟了莫文蔚的歌，熟到连我们这些陌生人都能写下其中几段歌词。

  在此过程中，他的健康状况大为改善，气色越来越好，脸上的憔悴渐渐褪去，有次开玩笑时竟然被男同事推举出来跟女同事比较谁的皮肤更水灵。

39. 奔赴光明寺

春节回家，母亲第一次对张阿毛的模样表示满意。

"毕业这几年，天晓得你忙么子事，就是今年才像没挨饿。"腊月二十八下午，他们坐在铺子里晒太阳。当妈的手持剪刀，一边利索地铰着一块缎子。

"妈，从今年起，我就越来越胖了。"张阿毛笑道。

"胖了好，才像个国家干部噻。"母亲说，"你看电视上那些当官的，哪个不是胖嘟嘟，红光满面的。"

"就是。"他说。

"明天就吃团圆饭，你哥还不回来。"母亲又说。

"我哥说过了，这几天超市生意好，要明天中午才回来。"他提醒她，"我那天在城里，看他和嫂子确实忙，小孩都放外婆家了。"

"你哥算是嫁出去了，我生他养他一场，有了孙子不给我们带，倒让外人抱。"母亲把那块缎子衬到一件衣服上，把缝纫机踩得吱吱响，"我现在还动得了，他就这个样子，以后动不了，他怕是要飞上天。"

"妈，他的小孩平时都自己带，这几天也是图方便。"他说，"我哥自己买的房子，你说他嫁出去，他肯定不爱听。"

"他再有本事也是我生的，说他几句他也该受。"母亲说。

张阿毛听这口气，倒有一半是冲他来的，连忙笑道："妈，你说什么，我们都只有听的份。"

就这三五年光景，他眼看着母亲老了，每回家一趟，就见她皱纹又多了些。乡下不比城市，女人家好日子短暂，45 岁之后就算老。他妈年纪已过 50，两个儿子都已自立，又添了个孙子，不觉间就有了些祖母脾气。眼下大儿子还不在跟前，说什么也白饶，好在有小儿子专门赶回来候补。

"阿毛，你才在外面混了几个年月，就怎们滑头，说话面面光。"母亲笑着回头瞅他一眼，"你当我舍不得说你呢。"

"妈说我是为我好。"他笑道。

"我看你越大越痞。小的时候说重一句，你就眼泪水滴答半天，还赌气。"母亲把那件衣服拎起来抖开，对着阳光看上面的针脚。

"谁的衣服，现在还给他做？"张阿毛问。

"你表姑家大娃子的，正月初一就要结婚。"母亲说，"男大当婚，女大当嫁，哪朝哪代都是这个规矩。"

张阿毛看看表："妈，你看快四点了。爸去哪了，怎么还不回来？"

"说是找王大麻子商量事情，我看倒是赌牌去了。"母亲说，"你长他两岁半，人家都要结婚了。"

"表姑只有一个儿子。"

"管他几个，岁数到了都该成家。"母亲把衣服叠起来，往一个塑料袋里装。他赶紧帮着把袋子撑开。

"你们那北京，说是 25 岁才准结婚，那些人是咋个想的？"母亲得了闲，他于是知道这话终于切入正题了。

"都嫌太早了，"他笑道，"30 岁以前结婚，就要被人家当笑话讲。"

"都是一样的人，到了北京就怎们怪！"母亲半笑半不笑地说，"他们家里娘老子就不管，就由着年轻人的性子？"

"估计管不过来。"他说。

"年轻人翅膀硬了才是真的，你哥就是典型！"母亲发狠道，"回来我还要当面说他！"

张阿毛只是笑，不答话。

"正月初二我要去光明寺拜菩萨，"母亲说，"求她保佑你。"

"妈，我好好的。"他说。

"等你结了婚，生了娃娃才算好。"母亲说，"我去给观音菩萨烧香，求她保佑你找个俊媳妇，明年带回来。"

张阿毛很小的时候就听说过光明寺，镇上的人都说那里菩萨最灵验。可那寺院藏在深山里，到菩萨洞有五小时车程，以前根本不通公路，去烧香的人要先坐一天船，再走上几十里。他在这一带长大，从没想过大老远地去看那菩萨长什么模样；母亲居然正月初二就要去，如果碰上下雨，来回都是麻烦。随后两天他一有机会就劝她，可是加上哥嫂帮腔也不管用。他决定跟着去光明寺瞧瞧。

老太太嘴里不说，其实很高兴他一起去。她一大早就起来，往一个竹编大提篮里塞东西。等嫂子照顾大家吃完饭，张阿毛忙去看那篮子里的内容。嫂子在一边给母亲梳头，见他翻出好些粉丝、挂面、水果、腊豆腐、糖核桃之类，笑说："看老幺拿出来这一堆吃食，分明是跟妈一道走亲戚送礼。"

张阿毛笑道："当然了。去看媒婆嘛。"

母亲手里拿着镜子，正打量她刚换上的茄子色绸面绣花夹袄，闻声对着镜子横他一眼："阿毛，看我撕你嘴巴。越大越调皮，放好的东西你又给我弄乱。"

他刚把东西放回去，父亲从外面进来说："赶紧些，车上人快满了，我叫驾驶员给你们留了位置。"

一家人走出去，母亲又停下来说："我看阿毛还是不爱干净，缝好的新衣裳不去换，还是回来那一身。"

哥哥拎着篮子走在最前头，张阿毛跟在嫂子身边逗侄子说话，装作没听见。父亲接下话茬说："快些走了，回来再换！"话音未落，街那边传来喇叭声，大家就快步过去。

汽车在盘山路上颠簸得厉害，他想睡觉也不成。不过能坐上车就很不错了，前些年他到吕家祠堂看外婆，山路只有拖拉机才能开过去，家里的人又怕拖拉机在山上开翻了，只许他走水路坐小划子。

还好是个大晴天，虽然坐在车里不能动，明朗天气也让人心里爽快。张阿毛一时看外面变换的野景，一时听周围的人说些家长里短，倒不觉得无聊。

过了一阵，母亲忽然说："你外婆死了三年了，活一辈子人汽车都没坐过。"

这话来得突然，张阿毛就看看窗外，汽车果然刚经过吕家祠堂村口。从外婆去世后，他就没来过这里。

"妈，一代人有一代人的福气。外婆当年是坐过轿子的，你汽车火车都坐过了，以后还要坐飞机。反正你的钱也花不完。"他说。

"你快点结婚生娃娃，我就坐飞机到北京帮你带。"这句回答让他不敢再说什么，只得笑两声作罢。

时间才中午十二点，光明寺山门前的空地上已停了几辆车，有几个人站在台阶上说着什么。旁边有个包着白头帕的老婆婆蹲在红墙根底下抽旱烟。

"我们六点就起来，人家起得还早。"母亲说。

"有些人住得近，"张阿毛说，"可能还有昨天来了没走的。"

母亲从她的小包袱里拿出干粮和水，两人在太阳地下对付着打发午饭，然后就一起爬台阶。老太太走在前面，他提上篮子跟着，一级一级往上走。篮子很重，他估计带来的东西够光明寺的所有和尚吃一顿。

在外面还好些，一进门，只看见满院子烟熏火燎，香烛味直冲鼻子。不少人围着两座石香炉，作揖、鞠躬、许愿。什么年龄的都有。

母亲看了一阵，也从篮子里翻出檀香和红蜡，凑近一座香炉，把那些东西点着之后投进去，又双手合十鞠了几个躬，嘴里念念有词。院子里很吵，张阿毛闻不惯檀香味，远远地站在后边，听不清她说什么，想是请菩萨下凡保媒。

接下来是拜正殿里的菩萨。一圈绳子围着几尊塑像，释迦牟尼居中，左手文殊师利，右手观音，绳圈外对着每尊塑像都摆了蒲团，等人上去磕头，守钱箱的老僧则敲着木鱼给磕头的人伴奏兼数数。

母亲走到塑像前，一个一个地烧香、跪拜，张阿毛在殿门口四面张望，正奇怪这几位神佛菩萨的排位顺序，忽见那老僧裹着绛红偏衫，才明白这光明寺原是藏密一脉；再一看连接左右抱厦的回廊上果然各有一个转经筒，一些人在那里兜圈子。

他在殿内绕了一圈，看见后面还有几尊塑像和前面的背靠背，其中一个是千手千眼莲台观音，其余都是些怒目金刚，眉眼服色和汉地佛教里的明显不同。底座本来就高，加上这些塑像身量高大，如同驾着云朵悬空站立，乍看上去略有些满天神佛的效果；四围墙壁上又不设窗子，屋里光线黯淡，那菩萨兀自低眉微笑，越衬出金刚面孔狰狞，似欲攫人而食。要是他在黑灯瞎火中猛然看见这些雕塑，肯定会感到害怕，真不知道那些和尚在这种阴森森的地方怎么待得下去。

"阿毛，你也来拜。"张阿毛又转到前面，恰好看见母亲结束了焚香礼拜的全过程，那一篮子食品已经放到如来座前，她正把一卷钞票放进那个钱箱子里，看面额都是一百的。他觉得有些好笑：瞧母亲布施的模样，比以前给他们发压岁钱还舍得。不过说到底，她布施还是为了儿子。

"阿毛，快过来。"母亲又在叫他。

他赶紧过去，说："妈，磕头作揖我不会，就鞠几个躬吧。"说完，他对那几尊塑像各点一下头，肚子里开个玩笑说：以后大家就认识了。

他们当天就要回家，剩下的时间已不多。他跟着母亲，在寺内各处草草转了一圈，才出了大门。一路上，老太太又念叨了半天婆媳妇生孩子的事。

40. 再上光明寺

每到北京天气燠热的时候，张阿毛就开始休暑假，即使得不到公休，也会想办法自己解放自己。他通常去海边的陌生城市，先确定住处，就以它为起点，每天都从那里出发，一个人到外面走走看看，每天又都要转回到出发点，就像鬼打墙。

白天去得比较多的是海滩，他常躺在沙地上看书，看海鸥，看那些戏水或拣贝壳的游客；晚上风大，他趿拉着拖鞋往回走，尽量选不同的路线，一路闲逛，看夜色中商店的橱窗、参差不齐的建筑和鬼魂一样来去的行人。

几年下来，他印象中美好的夏天有了两种：一种是菩萨洞清幽明净的夏天，空气总是水淋淋的，带着些花草树木的野香；一种是海滨小城涌动的夏天，海浪和风到处传送着咸味，气候爽滑宜人。

这一年，北京的夏天来得比往年更早些，才到 6 月中旬，已有了酷暑的光景。海边的避暑名城张阿毛再想不起没去过的，就把尚未游历过的名山拣选一轮，慢慢淘汰到只剩下青城山和天山。青城山史称"五岳丈人"，在众山中辈分极尊，人都说幽绝天下；天山兼取草原和大漠风光，比起内地又是一种景致。

他正觉得难以取舍，忽又想起离生日已没几天，从高中毕业之后，他就一个人在外面，这次还不如回家避暑，顺带跟父母一起过生日。于是他给公司打个报告，把年假和探亲假合在一起支用，直接回小镇上去了。

父母习惯了他一年回去一次，见他突然在黄昏时候进门，脸上的表情如同无意中发了横财。张阿毛向他们说起北京的闷热，又抱怨快十年没见到在家过生日才能有的红鸡蛋。老太太虽然笑他还记得镇上年轻一辈都忘记的玩意，结果当晚就煮了两个，接下来又每天都煮来给他吃。到他正经过完 25 岁生日，自己数一数，已经吃了十多个，要是吃一个红鸡蛋当真就再长一年，他的年龄只怕就要逼近 40 岁。

休假期间，张阿毛只去学校看了看老师，此外极少在镇上人堆里走动，却几乎每天都要走一段路到镇外去玩。

他喜欢上午到流花河边去钓鱼，或者吃过午饭粘槐树上的知了、抓玉米地里的金龟子。有一次他追踪一只金龟子追到一户人家屋后，看见有棵枇杷树，上面全是娇黄肥美的果子，忍不住去摘了两个，却惊动了院子里一条正在午睡的狗。那条狗气急败坏地蹿出来，又扑又咬，差点把他撞到水田里，又跟在他后面撵了将近一里路。

一天里余下的时间，他都在家中度过。父母也乐得见他多在身边待，大家说一会儿闲话。父亲只要一说到酒厂的事，就骂老大不服管，不肯回家来帮忙，又让他劝老大回来，不然老两口归天之后一分钱也别想要。他想起春节一家人团聚，父亲不曾提起一个字，估计两个人早为这事有过争吵才特意在过年时避而不谈，就嘴上答应着，打算到时候问明白哥哥的想法再开口不迟。

母亲对发生在酒厂和超市之间的人才争夺毫无兴趣，却变着法子讨论他的终身大事。她不是敲边鼓就是开门见山地盘问，而且不管说起什么人的什么事情，她都有本事绕到这上面来。他既不愿意无中生有地编个恋爱故事敷衍，也不好驳她的话，只是笑着听她讲，自己什么也不说。

张阿毛在家待了十多天，渐渐觉得日子过得慢了。菩萨洞不比北京，好玩的地方不多，能收到的电视频道也很少，百货商店里的几张碟都是他看过的。

这半年来，他没精神看书，只是胡混着打发时间，回家就都没带；上学时放在家里的一箱书，在大学毕业之后，又被父亲当废纸卖给做鞭炮的。有天晚上，父亲出去打牌，母亲在灯下赶一个急活，他觉得特别无聊，就楼上楼下到处翻，无意间从装旧东西的描花木柜中寻出一堆早年的物品，有铜钱、皮球、玻璃弹子、小刀、弹弓、塑胶娃娃、望远镜、冲锋枪之类的玩具，也有少先队队徽、团徽和从小学到高中的毕业证，当年戴过的红领巾已经霉成一团。要不是这次倒腾出来，他自己都记不起还有这些当宝贝收藏起来的东西。

后来他又在柜子里发现三本油印册子，那《皇历》和《增广贤文》，因为小时候能找到的书不多，他曾经反复阅读。另一册《三色江地理》，原是大学一年级暑假回中学母校，撞上高中地理老师，说起她参加编写了这本介绍全县情况的乡土教材，热情地送了他一本——他对她上的课素无好感，回家后把她写的册子信手一放，就忘得一干二净——不料也从柜中给翻了出来。

张阿毛此时对当年的地理老师早谈不上什么好恶，只把翻阅她的这本书当做消遣。他发现这小册子对三色江县全境的介绍虽嫌粗略，仍提到好多他以前不知道的地方。关于菩萨洞这个镇子的来历，书上的内容倒跟他从小听来的没什么区别，又说菩萨洞在整个行政区划的北边，是全县最偏远的镇子和境内风景最美的地方，占据了十大景点中的四处。再看这四个景点，被简称为"一山、一寺、一谷、一河"：山是光明寺所在的陈家山；寺不用说指光明寺，也是全县三大佛寺；绛翠谷就在它的背后；河则是镇子边上的流花河。

看完这册子，他想起春节的光明寺之行。母亲和他匆匆去了一趟，绝大多数时间都在坐车赶路，只在寺内停了不到两个小时，除了前面天井和正殿看得仔细些，其余地方都一带而过，哪有机会游山；绛翠谷的名字更是第一次见到。眼下他的假期才过一半略多，正好还可以去那里一次，把那山、寺和谷都认真看看。

这次他是独自一人上路，沿途注意到了不少上次没发现的东西。尤其是汽车进了陈家山地面，青山绿水彼此依傍，风光果然幽美，半路上还看见两处小瀑布，也许就出自流花河的源头。这山海拔不低，公路往上绕了不知多少盘，树木的种类随着山的高度慢慢变化。快到山顶的地方，公路两边出现了草场，上面点缀着几处灌木丛。一些牛在草场上走动，其中有水牛、黄牛和奶牛，牧人却一个没见着，估计是在树丛里休息。

汽车仍在光明寺山门前停下来，乘客大都直接进寺内去了。张阿毛想在这山上过夜，就找到旁边一间青砖瓦房的农家客栈，先解决食宿问题。

这客栈只有老夫妻二人，他吃午饭时，那老太太就坐在竹凳上，一边剥毛豆一边和他聊天。老头子嘴里咬着烟袋，端着一只搪瓷缸子，嘴里咕咕唤着，抓些米粒喂满院子扑腾的鸡鸭。

他问那老太太："大娘，寺里那些和尚平时都有什么事情？"

老太太说："天天都是一样地念经。半夜起来念，下午也念，晚上还要念。我们这山上的人都晓得。"

"那他们现在做什么？"

"晌午嘛，有的就歇中觉了，有的就走动走动。"

他打算先到别处走一走，下午再回来看和尚怎么念经，就问："那这山上哪里风景好些？"

老太太眯眼笑道："我们是看惯了的，都差不多。就是树、草、石头。"

"听说寺背后有个绛翠谷，从这里怎么过去最方便？"

"就是我们山上叫的火焰沟哟，你们外头来的人倒是最爱去了。这两天树怕都开花了。"

张阿毛再一问，才知道从光明寺两侧都可下到那沟里去。他选了好走的一条路，从山门右边的树林子里穿过，沿着一条懒长坡，往下走了两三里路光景，回头望光明寺，原来那山寺坐落在一面突出的悬崖上，掩在绿树丛中，只露出最高那座楼的一段红墙和顶上的飞檐。两条路从左右两边披落下来，走势之缓急果然大有分别。

他继续往下走，中间又翻过两个小丘陵，只见山路越来越窄，两旁山石嶙峋，人是在石头环抱中穿行。最后他到了一脉细细的流水前，发现迎面是一道斜坡，再往上是一面绝壁；左手则是一带延伸的浅草河滩，水流在卵石中起伏；右边仍是两块小山一样的巨石，小路和溪流就从那里面穿出来。

那巨石上面爬满青苔，早先勒上去的字迹已经模糊到不可分辨，但溪水里零星的殷红花瓣已表明他站在绛翠谷的入口。他绕过门扇一样的岩石，往前看过去，只见一片火云烧天。

菩萨洞一带多种桃李杏梨之属，张阿毛一直认为绛翠谷的名字应该来自桃花。可是客栈大娘说起正在开花时，他已觉疑惑——即使这陈家山上气温更低，此时桃花也该凋谢——因此立刻就想来看明白。然而这山谷被丘陵和巨石遮得严严实实，一路上他竟没看到半点迹象，直到入谷，才能够在惊羡中大开眼界。

无数棵石榴树集中在一条狭长的山谷里，枝丫上成千上万鲜红花朵一起盛开，烟光艳色，华彩逼人，看的时间长了，耳边似乎能听见熊熊烈火发出的噼里啪啦的声音——果然是一条火焰沟。

他坐在一块石头上，对这些在荒野中寂寞燃烧的花朵满心仰慕。即使它们把他一起烧死，化成灰，化成烟，他也是愿意的。

张阿毛突然想起几个句子，四望无人，大声念了一通："美木艳树，谁望谁待？缥叶翠萼，红华绛采。照烈泉石，纷披山海。奇丽不移，霜雪空改。"

等回音散去之后，他又说："怪不得就叫绛翠谷！"

树林深处突然传来一声嬉笑。接着，又听见一个孩子的声音在林中间："妈妈，那个叔叔唱的是什么歌？"

41. 故人再见，沧海桑田

陡然听见人声，张阿毛微觉吃惊，正要离去，却听见另一个声音回答了。

"叔叔在念诗。"声音说。它非常柔和，因为是说给孩子听的，每一个字都说得缓慢而清晰，音节与音节之间的间距非常明显。

这么一句话，统共只得五个字，却让他难以挪动脚步。

他不曾想到会在这么一个僻静的地方听到熟悉的声音——它的余韵尚未散尽，他人已被缚牢在当地，难以动弹。耳边只听见那母子二人脚步越来越近。

过了片刻，脚步声停下来。张阿毛转过头，发现那小娃娃一双眼睛正好奇地盯着他。巫凤凰拉着孩子的手，正朝他看过来。

"就像一次幽期密约。"他自嘲地想。

他不知道自己为什么会选在这个时候出现在这个地方，也不知道对方为什么会在此时出现在面前。但是，两人确实是见面了，就在分手四年之后。

可是他却又不觉得特别意外。不用琢磨，他也知道自己脸上是淡淡的，一副纹丝不动的神情，对面那人也是波澜不惊的样子。

似乎他们原本是天天见面的邻居，或者同事，或者别的什么熟人，约好了要在这里见面；甚至连约定也不需要，只是一次再平常不过的、司空见惯的相遇。

"你还好吧。"巫凤凰微笑着问。

"老样子。"他也微笑。类似的废话，在影视剧或小说里出现，他肯定要大加批判，可是轮到自己，又发现除了这个，也不知道该说别的什么。

而且他开始觉得这三个字实际上非常暧昧。什么叫做"老样子"？好像什么都没说，细想起来又什么都说了，所以足够暧昧。

"看出来了。"巫凤凰颔首说。

她的头发剪到耳根，牙白衣衫上纤尘不染，通身只有两粒耳钉微微闪光。这一身装束，又像职业装，又像休闲打扮。但是她的眉目却不似以前那样容光逼人，一张脸恰似笼罩在一层淡淡的烟雾中。

"孩子几岁了？"张阿毛又看看那小家伙。那孩子长得又胖又壮，很机灵的样子。

"三岁，"巫凤凰回答道，"特别淘气。"

"聪明小孩都这样。"他说着，又问那孩子，"你叫什么名字？"

"他叫……"巫凤凰话还没说完，小孩子已经插嘴了，"叔叔，我叫毛毛。"

张阿毛低下头，不看巫凤凰，却去看脚下的草地。黑蚂蚁，黄蚂蚁，都是拖家带口，忙忙碌碌地搬着东西。他身边有个三岁的小娃娃，名字叫"毛毛"。

"你不叫毛毛，叫……蛮蛮。"她纠正那个孩子，又对张阿毛说，"小孩子牙没长全，说话漏风。"

"也是，"他微笑一下，说，"都这么过来的。"

"妈妈，我就是叫毛毛！"小娃娃不干了，说，"我才不叫蛮蛮！"他的声音带着奶味，口齿却是清晰的。

"你不乖，妈妈生气了。"巫凤凰蹲下来，轻轻拧了一下儿子的脸蛋，"大人说话，小孩不要插嘴。"

张阿毛拉着小孩的手，说："宝宝，'蛮蛮'这个名字也很好听。还有个故事呢。"

"叔叔，你快讲啊，我要听故事！"孩子跳过来，扭着他说。

"传说，有一座山上，有一些很好玩的鸟。它们长得就像动画片里的野鸭子一样漂亮，每只鸟都只有一只翅膀、一只眼睛，要两只挨在一起，才能飞起来。这些鸟，名字就叫'蛮蛮'……"

巫凤凰撩了一下鬓边的头发，眼睛看着远处。她当然已经过了喜欢传说的年龄。小孩倒是听得津津有味，高兴地说："叔叔，这个故事真好听。那些鸟在哪里呀？"

张阿毛笑了笑，说："传说和真实，不一样的。你长大了就知道了。"

这句随口说出来的话，他自己也觉得耳熟。愣了片刻，他想起来，曾经有两个同桌这样有过一番对话。

"这样的鸟，当然是很可爱的。"聊天的时候，他对巫凤凰讲了《山海经》中的这个故事，她听了非常喜欢。

那时候他和她都是16岁，都是喜欢美好传说的年纪。但是她却似乎已经学会了从幻想中解脱出来的本事，很快又说："传说不过是传说罢了。"

"是，"讲故事的人也承认了，"传说和真实，估计也是不一样的。"

那时候距现在已将近十年。那时候，他们还是同桌，两个人都是孩子。但是她此时，已经有了她和别人生的孩子。

正恍惚时，巫凤凰低声说："他爸爸……对我很好。"

他相信她说的是真的。眼前这一名少妇，虽然容色间略带憔悴，看那着装打扮、神情举止，却无一不显露出优裕生活的底子。

二十五六岁的女子，正处于一生容颜的回光返照阶段；如果不是孩子拖累着她，她此时风采应更胜往昔。

两人带着孩子，闲话着慢慢回去。张阿毛这才知道：巫凤凰的母亲病重，要她到光明寺来还愿，那孩子也死活缠着要来；她丈夫是大忙人，只好让人开车把母子二人送到山上。

他本不是好奇的人，也就这么随便聊着，根本没想起去打听她丈夫的情形。而她也是话少。三个人走在一起，倒是那小孩话比较多，唧唧喳喳说了一路。

他们在光明寺里略坐了一阵，又不咸不淡说了几句话。巫凤凰看看天色，忙起身下山。张阿毛坐在原地，看她带着孩子，缓缓走出门去。

拉开一段距离，他才发现，她那件白衣服背后，还缀着几个暗褐色的木扣子。一二三四五六，顺着数下来，既是一串省略号，又是一排句号。

一个原本有头无尾的故事，因为一次意外的邂逅失去悬念，没有了想象中的纷繁和芜杂，千头万绪逼仄地拥挤在一起，浓缩成一个照面，简洁明快，戛然而止。他坐在禅院里，看着那串精致的木扣子越来越远，只觉得近十年的光阴，都浓缩在那六个小点里。

正如传说不过是传说，标点也不过是标点罢了，它终究会慢慢消失在时空里。如果还剩下什么，那是山风的低吟和鸟的鸣叫，以及，其他那些不知名但非常悦人的声音。

张阿毛在陈家山上待了五天才离开。汽车朝着下山的方向往前开，他则是一个劲地往后看。他想他以后一定会经常想起这里的山寺、溪流、花朵，甚至包括这里的牛群——从草场经过时，他对它们伸伸舌头，又吹了一声口哨。

和来的时候一样，那些牛还是随意地在山路和草地上游荡，有的就趴在路边，眼睛黑黑地望着汽车和车里的人，意态十分悠闲。它们的睫毛浓密而修长，像蝴蝶翅膀一样轻轻抖动。它们的眼神清澈而宁静，如果有什么东西在这样清澈的眼神里构成阴影，那一定是别的东西的影子，而不是来自内心的阴郁。

他靠窗坐着，凝视这些娴雅的动物，忽然觉得阳光黯淡了几分；抬头看时，在天空游弋的白云中的一朵，正从头顶上空浮过去。阳光通透明亮，白云在翠绿的草地上留下一片空明的影子，云影里几只牛的眼神显得忧郁了。他什么都没说，它们却似什么都已猜到；他什么都没问，它们却似什么都已回答。它们那佛陀一样美丽的眼睛已经洞悉一切。

张阿毛回到家，前脚进门，后脚就洒下一片雨点。菩萨洞的夏天总是这样，说下雨就下雨，几乎没有征兆。这也是让他喜欢的地方。

那天的大雨从黄昏开始下，差不多持续了整整一夜。张阿毛不想睡觉，就坐在楼板上，听了一夜雨。他能清楚地分辨出雨水打在屋檐和街道上的声音，也能分辨出后院里芭蕉叶在雨幕里发出的声音。

从小他就习惯了坐在这楼板上，一边听雨一边玩耍。此时虽是夜间，他仍然忍不住翻出那些收藏在柜中的早年物品，像当年那样，一个一个细细把玩。豪雨下到五更天，终于止住，空气里如同兑了蜂蜜，还能闻见谁家栀子花绽开时发出的甜香。

时间已近黎明，张阿毛趴到窗口，去呼吸雨后的新鲜空气。

天幕虽仍是浓黑，某一角却在变薄变淡，隐隐地泛出浅蓝色，尔后天空慢慢转明，远处群山的轮廓就凸现在天际，背景成了前景。紧接着，树枝间染出一点鱼肚白，渐渐又涂上一抹青紫，然后又抖开一缕血红。

他想起自己好久没有看过日出了，虽然这原是童年时代见惯的景象。那时候的夏天，他为了看日出，经常很早就起来，趴在窗台边，跟过年等着发压岁钱一样有耐心。

就在他走神的片刻，天光已然大亮，东边两山之间捧出一个红中透黄的扁圆。"老母鸡下蛋了。"张阿毛脱口说出当年看日出时喜欢嚷嚷的话。

这一句下意识的低声咕哝，让他回忆起早年岁月里琐屑却宝贵的欢乐。那时候，他沉静、腼腆又倔犟、坚韧，虽然脱不了天真稚气，却梦想能够自由穿行于这个包含着各种人物和事件的世界，也希望后者带着它所有的内容和滋味来经历他自己。与此同时，他似乎看见童年少年的自己正穿过迷梦一样的时间和空间走过来，如同被召唤回来的魂魄，附着到现在的身体上，他也由此得到刷新了——他还是他，他已不是他。

一阵强烈的痉挛突如其来地出现，闪电般掠过他的身和心，让他控制不住地战栗。他想扯开嗓子，像一个沉不住气的毛头小子一样痛快地大叫，又想高声唱几句跑调跑到十万八千里的歌。

事实上，在他年满25岁几天之后的那个夏日清晨，张阿毛没有叫也没有唱。

他只是含泪微笑了。

词汇之雨将我淋湿（后记一）

现在，我暂时有一种如释重负的感觉。好像我终于可以，阶段性地，解脱一阵。

但我知道为时尚早。目前只能算是一个中场休息。

这个取名《不能再说我爱你》的小说还需要更多修改和整理。恐怕我一时半会还不能完全放手，要和它长期纠缠下去。

我不止一次后悔当时为什么要开始写它。

然而我写小说没有半途而废的习惯，既然开了头，就得硬着头皮结尾。从这个角度上说，我或许算是一名有一点点职业道德的写作者，虽然写作从来不是我的职业。

写这个小说，对我而言也是一个伤人的过程。如果写更轻快的东西，大概难度要小一些。

我本人历来喜欢阅读和听人讲故事。当初开始写《不能再说我爱你》，也依然是出于消遣，只想着写出一个故事，既给别人看，也给自己看。

但是我没想到要虚拟其中的各种情绪和细节，会有那么困难和磨人。

我经常需要反复分析张阿毛的性格，把自己代入到他的角色中去，揣摩他在不同场景中的言行。并且根据他的性格和教育来修订整个故事的叙述风格。

有时候这种事情是折磨。

词汇选择也一直是某种困扰。

词汇不够容易造成词不达意之类的问题，这是一种麻烦，它的最基本问题是"贫乏"；另一方面，如果同一个意思存在很多同义词，要挑选到最能传达自己感受或表达出自己想要的效果的字眼，同样要耗费大量心力。

所以，从这个层面看，写这个作品，有时候确实如同面临一场文字狱，或者是在文字的迷宫、语句的丛林中冒险。

如果换用某种所谓"诗意"的表达，可以这么说：当我在撰写《不能再说我爱你》的时候，当我在为那些文字纠结的时候，常常能感到词汇之雨将我淋湿，却觉得捕捉到一滴最想要的水珠无比困难。

这个过程，听着浪漫，实则艰辛。

有一个正在越来越大众化的说法是：读者永远也想不到，作者在两行字之间要停留多久。

这个说法，在一定程度上反映了写作中可能面临的种种困难，虽然具体来讲会因人而异。

这个故事也是我删改最厉害的。很多章节完全删掉，也有部分章节最后只剩下可悲的几行字。

就像摄影和雕塑都是减法的艺术一样，《不能再说我爱你》也一直在做减法，越减越少。

我不能自称是所谓"极简主义"，不过也始终在试图把冗余的东西尽可能多地去掉。

现在，当我暂时性地修订完这个稿子，我心中充满了劳动者才能拥有的幸福感。

鉴于写作同时需要身体和大脑，我在双倍的劳累之后，也感受到了双倍的幸福。

2011 年 4 月

倾听与宣泄（后记二）

一个人如果愿意耐心而且认真地去听别人说话，就有可能成为他人倾诉的对象。

有一段时间，人们对我的倾诉有一个相对集中的主题——好几个和我差不多大的年轻男子，都来频繁地、反复地谈论他们破碎或者冻结的爱情。

那些倾诉者后来渐渐恢复平静，各自有了新的生活。

但是他们的故事却在我心里留下了痕迹。

我还记得，在夜深人静的黑暗房间里，偶尔听见的那些控制不住的哽咽和泪水滴落的声音。当然也记得每一次发现对方在自己跟前哭泣，却要假装不知道，那种紧张和狼狈。

在生命最华美的阶段，朋友们叙述的那些必须当做秘密收藏的、不同类型的悲伤，让我觉得人生苍凉无比。我一度为此有些抑郁。

那以前，我不知道倾听者付出的除了时间和精力，还要包括这样的心理代价。

从这个角度来说，《不能再说我爱你》就不仅仅是我的自我消遣。它既是一次编故事的尝试，也是一次为了宣泄情绪而进行的、以不泄露他人秘密为前提的、融汇之后改头换面另起炉灶的再倾诉。

这个故事的语言或许也由此显得迷离、黯淡和宁静，背后的逻辑是：一个人如果直接或间接经历太多，再来讲故事，情绪不会轻易波动；主人公也变成深沉内敛、一次经历足以多次咀嚼的张阿毛，而不是飞扬灵动的李晓莞。

《不能再说我爱你》的文字比较费了些心思。那时候我正在重新看杜甫。他的炼字功夫让人同时充满希望和绝望。中国文字在他那里，显得既疏朗又致密、既刚硬又富有粘性。他的文字是一种包含着许多矛盾的、圆转如意的魔术。

我不可避免地受到他的一点影响，去追求简单精确的文字，《不能再说我爱你》的书写难度增加了很多，整个过程持续了三年，劳心且劳神。因此，《不能再说我爱你》初稿完成后，我将会有几年不再写故事。

2011 年 4 月

一场让我心碎的写作（后记三）

很多朋友问我：《不能再说我爱你》讲的是一个什么样的故事？它到底是一本什么样的书？

实际上我虽然是作者，也不能把这两个问题或者更多其他的问题回答得很清楚。我只能简单地说：

《不能再说我爱你》至少是一个关于爱情与治疗的故事。

它的主题有些迷离：关于春天的辞章；在春天的一场告别；或者，春天本身的离去。

它的文字不够温暖：有人说冷静，有人说冷淡，有人说冷漠，有人说冷酷。

但是，我知道，其实它不止于此。

有时候，作者本人并不能保证就比读者看得更通透，原因之一是当局者迷，或者说，只缘身在此山中。

除了是一个爱情故事，《不能再说我爱你》也是一部小说。

我们知道，故事和小说之间经常有距离——故事特别注重情节，小说不光有可能关注故事性的情节，更必须关注另一种"情节"：情趣加细节。但小说并不总是排斥讲故事，这是它们之间的区别和联系。

这个小说从写下第一个字到最终形成一本书的感觉，中间隔了整整8年。在这一段不能算短、夸张一点或可称为漫长的时间里，我已不记得反复回顾和打磨它多少次。到最终定稿时，删除的字超过40万，是剩余文字的四倍。

这期间，我对它的认识和理解也在逐步增加，最终形成了下列看法，并在修订过程中予以充分考虑——

《不能再说我爱你》是一本治疗之书。

对于一生中第一次恋爱，拥有幸福结局的人，终究是很少的。更多人遇到的是失败和挫折，他们因此遭遇痛苦和更深远的影响。

这篇小说探讨的是男性初恋失败后的痛苦——长期以来缺乏仔细纵深挖掘的领域。曾经流行的一种毫无逻辑的看法是：男人在生活中（表现）为强者，因此面对感情挫折承受能力（应该）更强，他们（似乎）不怎么受影响。

事实上，近年来的一些心理学调查表明：

1. 感情创伤，尤其是初恋的失败，对绝大多数男人构成沉重打击；

2. 大多数人的痛苦要在半年或更长时间之后才会全面发作；

3. 大多数人受折磨的时间超过一年，极端者就不好估计了。

另一方面，各种媒体，尤其是网络上，经常有男性倾诉他们因为初恋或此后的恋爱失败而经历的种种复杂感受。

由此产生的改变波及甚广，除了性格，还有生活态度和观念。有些人因此心如死灰；有些人因此放荡不羁，更夸张的一些从此对女人这个群体失去信任，转而向同性寻求关爱，已故演员张国荣是最知名的例子。

在人们具有强烈自我意识的今天，初恋（恋爱）的创伤，是一个具有广泛社会意义和审美意义的话题。自我修复因此变得难能可贵。

关于张阿毛的故事意在分析这个复杂微妙的过程，而不是进行简单的道德判断。

作者在阅读和倾听大量个人体验之后，写下这个故事，希望可以表现出男人尝试自我治疗的过程之一种，同时让女人更了解和理解她们生命中的另一半。

《不能再说我爱你》是一本成长之书。

小说中叙述了春天的离去与夏天的到来。关于这个，不少读者已看得十分明白。小说结束的时候，男主角25岁，人生的春天已经接近尾声，夏天正在逼近。所以小说里确实隐含了"夏至"这个节气。

但是春天的离去和夏天的到来，有很多方面的意义。从最简单的角度来看，春夏的更替，至少已表明两件事：时间流逝，万物生长。年轻的人，当然也会成长。

我们的主角张阿毛，从16岁到25岁这九年间，在他生命中的春天逐渐离去的过程中，经历了百般滋味的成长，也经历了很多变化。

首先他从一名过于羞涩腼腆的少年，逐步转化为一名敢于明确说出自己想法的青年，虽然他仍是多多少少地有些自我控制乃至自我压抑。16岁时他深爱巫凤凰，只能在心中偷偷地想，却始终无法向同桌的她开口说出。但是在19岁的时候，他已能清楚地表达这一片深情。

其次，或许更重要的一个变化是，他在这段感情的起伏以致曲终人散后，对感情本身有了非常深刻的体悟，也对他个人内心的真实想法有了更多的认识，并且在此过程中越来越深入地了解到自身的各个方面。

此外，他也从一名学生变成一名年轻的上班族。他对外部世界的了解逐渐增加，接触的人和事越来越广泛，整个人的性格、气质和行为方式也在这种比先前丰富和宏大的阅历中有了非常大的变化。

仅仅就"成长"这个主题来说，由于每个人的阅历和立场不见得会相同，也许不同的人可能在张阿毛身上发现重要程度也不尽相同的各种变化。但是它们的中心都指向"成长"这个词本身。

在这个世界上，什么都有代价。

张阿毛的成长，以及，可能是每个人的成长，也都会有代价。这个代价包括但不限于内心的痛苦。

《不能再说我爱你》是一本忘情之书。

这一对年轻男女的感情，也许对他们两个人来说不一定具有同样重大的影响。但对男主人公张阿毛来说，可谓非常深刻。因此，他们的分开就格外让人遗憾；尤其令人遗憾的是，导致他们分开的，竟然只是猜忌与求全责备。

然而类似的案例，在生活中可以找到无数活生生的例子。大概有一个说法可以印证，这就是所谓的"情深不寿"。

从来对"情深不寿"四字有不同解释。有人认为，这是说用情太深者，因心思过于细腻场面，不免在情绪的起伏跌宕中迅速老去，以至不能长寿。这种解释，似乎与张阿毛青年早衰有所对应。

也有人理解为：太过深切的感情不会长久。如此阐释，也并非不能自圆其说。

张阿毛和巫凤凰可谓青梅竹马，他们的感情果然也非同一般的深切，最终却也不能说长久。

但是，无论感情曾经多么深厚，甚至分开之后仍然存在无以言表的深情，他们终究不在一起了。

对过去的情感的留恋和缠绻，只会构成折磨。一切有关的记忆或回忆，都是所谓"旷日持久的割礼"。

要真正摆脱这样的痛苦，作为普通人，通常都只能求助于释怀之后遗忘。这也就是想办法做到"忘情"的过程。

关于忘情，《世说新语·伤逝》写道："圣人忘情，最下不及情，情之所钟，正在我辈。"这句充分反映古人智慧的话，精辟地表明：我们这些普通人是很难、或者几乎没有机会达到忘情境界的。张阿毛也只是一名普通人，他自然也做不到太上忘情。

然而他在追求忘情境界的过程中，却也有了很大的收获。最起码，他学会了释怀。而释怀正是逐渐遗忘的开始。

张阿毛，以及我们这些普通人，或许不能做到一下子遗忘掉整个的往事，但可以在逐渐释怀之后，遗忘渗透在往事中的伤痛。至于往事本身，则交给时间吧，它会帮助或迫使人来逐渐淡忘。

我自己是才薄如纸，没有能力把《不能再说我爱你》写成一部传说中的忘情天书。

然而人们或许不会否认，岁月本身就是忘情天书。

关于《不能再说我爱你》，我琢磨来琢磨去的，也只有这些想法了。

需要特别谈论的一点是：在我接触的现实人物中间，没有和这两名主角相似的。如果人们发现，竟然有其他人与张阿毛或／和巫凤凰之间存在过多的相似性，这确实只能被认为是巧合，或者说是对作者的无意识的恭维，但绝对不能推论出我对现实人物有所活剥。

在撰写和修订《不能再说我爱你》的过程中，我的青春渐行渐远。

所以，我像熟悉自己的青春一样熟悉它。

水族

2011 年 4 月